GENTOSHA

試着室

吉沢 華

幻冬舎アウトロー文庫

試着室

目次

プロローグ

壁の時計は、閉店間際の午後七時五〇分を指している。

よく磨かれた窓にレースのカーテンをひこうと伸ばした手が止まる。二階から見下ろす通りには人気もない。

ほんの少しガラス窓をあける。六月の湿った風がゆるりと流れ込んでくる。この『テーラー西園寺』で働き始めて一週間の入江亜弓は、銀座という立地でも裏通りともなればこんなにもひっそりとするものかと、夜の町並みを眺めた。

薄暗い灯り（あかり）が点る（とも）店内には毛足の長い赤い絨毯（じゅうたん）が敷きつめられ、パンプスの靴先をやわらかく包む。壁一面に背広の生地が並び、ショウケースには高級なカフスやタイピンなどがつややかな光を放っている。そして重厚な空間に流れるかすかなクラシック音楽。

「……静かね」

ポニーテールの後れ毛を指先に遊びながら、窓際に立って小さなため息をつく。

ここにパートで勤める姉の琴音から勧められ、気の進まない亜弓は大学が済んでから夜だけのアルバイトを始めた。まだ慣れはしないが、たいした仕事もなくのんびりとしている。

一回り年上の姉は今年で三四歳、主婦なので昼間だけテーラーで働いており、もうすぐ三カ月になる。子供はいない。

亜弓と母の住む実家からそう遠くないマンションに暮らしているのでよく顔を合わせるが、アルバイトの交代時以外は基本的にはメールでやり取りをしている。

勤めてみるとテーラーは忙しいわけでもなく、それどころかアルバイトを雇う必要があるのだろうかと思うほど何もない毎日だった。来る客といえば五〇代も半ば過ぎであろう役職クラスばかりで、たまに小物が売れるほかは採寸などめったにない。

亜弓は制服である紺スーツの衿（えり）を伸ばし白ブラウスのリボンの形を整える。柔らかいシフォン地はすぐに解（ほど）けてしまう。

姉とは違い小柄で華奢（きゃしゃ）な体つきだが、豊満な胸がボタンを押し上げる。タイトスカートもややきつめで尻のラインがぴったりと浮き出ているのが気になる。

ふっくらとした赤い唇を突き出して小首をかしげ、またため息をつく。後れ毛に見え隠れするうなじが透き通るほど白い。

音大に通う亜弓にとって空き時間のいい小遣い稼ぎになるしオーナーがクラシックファン

で音楽に理解があるから、と琴音は強く推した。そして、初心(うぶ)な亜弓にはいい社会勉強にもなるわよ、と付け加えた。

姉は主婦なのであまり家を空けられないのだろうか、と訝(いぶか)りながらも承諾すると、実際には意外と居心地が良く、二階のこの空間では誰にも邪魔されず自由に譜読みが出来た。

困ることは取り立ててなかった。

ただ、オーナーの西園寺を除けば。

第一章　音大生・亜弓

1

水曜夜八時、銀座とはいえ人が絶える裏通り。

四辻の角にある立派な二階建ての紳士服店に薄灯りが点っている。

古めかしいレンガ造りの壁、随所にはめられた銅版は長年風雨に晒(さら)されたのであろう、緑青を吹いて美しく、角地のカーブに沿った曲線の窓は分厚いガラスがきれいに磨かれている。

会社帰りの菊池俊は信号が点滅する横断歩道を小走りに渡り、店に近づいた。

ウインドウに並ぶ服はどれも几帳面に仕立てられ、生地の風合いや、合わせたネクタイの趣味も見事だ。

窓に映る自分の姿に服を重ねてみる。三〇手前の独身男には高価な仕立てが浮いて見える。

デパート勤務の菊池はいつも社員特売で安い背広ばかりを着ていた。

学生時代ラグビーで鍛えた体軀、よく焼けた顔。自分では無骨にみえても白い歯を出した笑顔が営業先の年配女性に好評で、それが今回の抜擢人事に繫がっているといえなくもない。だがまともに女性と付き合ったことはない。

『テーラー西園寺』

ガラスの扉には豪奢な金の飾り文字が描かれている。

こんな高級店は扉を押すのも気が引けるが、たまには上質の物に身を包んでみたい。特に今日は七月発令の定期異動の内示を受け気分も高揚していた。自分への褒美として、そして他社製品を試すのも勉強のひとつだ、と理由をつけて自分を納得させた。

重い扉が、ぎい、と軋む。

薄暗い灯りが点る店内には、毛足の長い赤い絨毯が敷きつめられ、菊池の靴先が減り込む。見渡すとショウケースに弱々しい光がさし、二、三体の顔のないマネキンが静かに立つ空間にはクラシック音楽がかすかに流れている。小走りで来た歩調を急に緩めたため静謐な空間に身を置く緊張で体中からじっとりと汗が噴き出す。

暗がりに目が慣れる頃、広い店内の奥のほうに禿げ上がった六〇歳位の太った男が新聞を広げているのが見えた。

「いらっしゃいませ」

男は立ち上がろうともせずに、新聞から目だけ上げて低い声で無愛想に言う。ごつい毛の伸びた太い眉はぴくりと吊り上がり、その下の細い目が品定めするように見つめる。

「あの、スーツを見にきたんですが……」

菊池は息苦しさを覚えつつもひるむことなく、外商で培ったそつのない笑顔で訊ねた。

「……それでしたら、お二階へどうぞ」

重々しい空気が流れる。

菊池はなんとなく不服ではあったが、とりあえず言われるままに赤絨毯の階段を上った。

そこは一階とはちがい、すこし明るいこぢんまりとしたフロアで、壁一面にスーツの生地と、ワイシャツの生地が整然と並んでいた。

階段を上りきった菊池の目に、こちら向きのショウケースとその奥に立つ店員とおぼしき女性の姿が飛び込んだ。左側には赤いカーテンに仕切られた試着室、突き当たりは大きな窓がある。

小柄で華奢な、大人しそうな若い女性が紺色のスーツに白いブラウスを着てたたずんでいる。黒い髪をポニーテールに束ねて、ショウケースの中の小物を手袋をはめて丁寧に並べる。うつむいた耳からうなじにかけてのラインが抜けるように白い。そして耳たぶの先は珊瑚のピンクに色づいている。

「あのう……」

菊池の声に、女性は驚いたように身をぴくんとさせて顔を上げた。

長い睫に囲まれた黒目がちの瞳が大きく見開き、赤い唇がぽってりと突き出ている。何か考え事でもしていたのだろうか、ふいの来客に恥ずかしそうに目を瞬かせ、小さな声で、

「いらっしゃいませ」

と返事をした。

「あの、スーツを、見たいんですが」

「あ、はい……こちらに生地がございます」

女性はショウケースの向こう側から回ってくると菊池の前をゆっくり横切り、生地の積んである右奥の棚へ案内した。下から上までぎっしりと、紺やグレーの上質な生地の反物が書籍棚のように立てかけてある。

「ああ、たくさんありますね」

そういって菊池はしばらく考えた。目の前に背を向けて立つ女性のうなじから肩、そしてウエスト、腰へと視線を落としていく。細身でありながら腰のラインはボリュームに溢れ、若い肢体がスーツに詰め込まれているのが分かる。

（いくつぐらいだろう……今時めずらしい大人しそうな女性だな）

菊池はつい生地を見ずに女性の体の線ばかり目で追ってしまい、あわてて我にかえって適当にグレーと紺を指して取り出してもらった。

天井まで届く反物の棚は見上げるほど高く、女性は脚立を持ってきてヒールを脱いだ。白い踵(かかと)が赤い絨毯に映える。

ストッキングの足が脚立にかかり、紺のタイトスカートから不釣合いなほどむっちりとした太腿(ふともも)が剝(む)き出しになる。

三段ほど昇ったところで両足を揃えて立つ。下から見上げるアングルに、ふくらはぎから腿にかけてがすらりと伸びる。

反物を取ろうと手を伸ばすたびスーツが引き攣(つ)れ、胸の豊かさが浮き上がる。金ボタンがずり上がり、ちぎれんばかりだ。

「こちらですね」

「は、はい」

黙って見上げる菊池に振り向く笑顔が愛らしい。

反物を両手に抱え、注意深く脚立を降りる足先の爪は小粒な桜貝のように光っている。ショウケースの上に生地を広げる女性の胸に「入江」の名札があった。

「こちらはスコットランド製でして、これから夏にかけてとても軽く爽やかですよ」

生地を撫でる指先が軽やかに舞う。

「地模様のストライプがきれいですわ」

生地から目を上げて菊池を見つめ返す女性の口元に笑窪があらわれる。

「あ、ああそうですね」

「どうぞお手にとってごらんください」

豪華に垂れ下がるシャンデリアの光がショウケースに反射して眩しい。上等な生地は光沢を帯び、その上に添えられた指がBGMに合わせて遠慮がちに弾む。

「……いい曲ですね。静かで落ち着く」

何か言葉を、と探しあぐねた菊池は、指先につられて店に流れるクラシックを誉めた。

女性はふふっと小さく笑い、

「クラシックがお好きですか？　私、この雰囲気が好きで、ここでアルバイトしてるんです」

と上目遣いに答えた。

「いえ、好きというほどでもないですけど、ピアノがきれいだなと」

「ピアノ……。私、音大でピアノを専攻しているんです」

張りつめた空気が解け、ふたりの距離が縮まる。

手にとるメジャーに「Ａｙｕｍｉ」と書いてあるのを見つけ、菊池は思い切って訊ねた。

「あゆみさん、っておっしゃるんですか？」

「ええ、はい、どうしてお分かりに？」

女性は目を丸くして首をかしげた。黒目がちな瞳がじっと見つめる。

「ああ、メジャーに書いてあるから……すみません、きれいな名前だなって思って」

「まあ、ありがとうございます」

一瞬はにかんだ笑みをみせると、目を伏せて注文台帳にペンを走らせる。三枚複写の薄い紙の隅には涼しげな細い字で「入江亜弓」とサインがあった。

2

「では、採寸をお願いします」

赤いカーテンの引かれた試着室を手で示して、亜弓は菊池に中へ入るように促す。

ワインレッド色の絨毯の試着室は三畳ほどで、正面はもちろん左右にも全身の映る鏡が張り巡らされている。

亜弓は赤いビロードの帳（とばり）をきっちりと閉めると、おずおずと試着室の中に入ってゆく。

こんな若い客ははじめてだった。いつも来る客といえば馴染（なじ）みの中年が西園寺と無駄話がてら何かを買って帰る程度で、亜弓は西園寺の一歩後ろに立ちにこにことしていればよかった。たまに振られる色恋話もどうにか受け流すのに慣れてきた頃だ。

だが今日は一見（いちげん）の客に採寸をせねばならない。そう思うだけで緊張し呼吸が浅くなる。それに試着室という空間に二人きりと思うと、早くも肌はじっとりと汗ばみ、鼓動が高鳴るのを抑えられなかった。

琴音が言うとおり、女子校育ちの亜弓はたしかに初心で世間慣れしていなかった。音楽ばかりに浸り異性との付き合いもない。

姉はといえば公立育ちで明るくいつも男子とにぎやかに過ごしていた。しかしそれも結婚を機に落ち着いたように見えていた。だがそれは留守がちな夫から心も体も離れ始めたからかもしれない。

不器用な妹を心配して紳士服店でのアルバイトを勧めてくれたのだろうか……それとも……。

「し、失礼します」

パンプスを脱いだ亜弓の声が上ずる。行儀よく跪いて黒いヒールを揃えるとゆっくり向き直る。

絨毯に膝頭が減り込む。紺のタイトから白い腿が剝き出しになる。

指先で裾を直してみるがボリュームのある太腿に食い込んだ裾は下りようとしない。

亜弓はメジャーを伸ばすと足元から股下まで張り、触れぬ程度にあてがう。ズボンの上からとはいえ、男性の股下に近づくことに恥ずかしさを覚えてしまう。採寸の仕方は琴音に教わったが実際に測るのは初めてだ。

「長さはどのくらいがよろしいですか？」

下から見上げる亜弓の顔は紅潮し、困ったように眉尻が下がっている。

「え、ああ……長すぎず短すぎずってとこかな……」

試着室で仁王立ちのまま採寸されている菊池が足元に身をかがめて作業する亜弓の体の線を目でなぞってくる。

「今お召しのおズボンに合わせる感じでしょうか……」

ストッキングだけになった白い足指を緋色の絨緞に艶かしく動かす。四つん這いになった亜弓のヒップは高々と盛り上がり、タイトスカートの縫い目を引き攣らせて窮屈そうにひしめいている。

スリットが割れ、隙間(すきま)から太腿があらわれる。

「そうだ、ちょっとだけ長めがいいかな」

三方向に張り巡らされた鏡が災いしてスカートの奥をくっきりと映し出す。昼間、亜弓が曇りなく磨き上げた鏡に今スリットの亀裂の中で腿の擦れあうのが映っている。

亜弓はそんな視線に気づきもせず、忠実にメジャーに取り組んでいる。無意識に足をずらすと、むっちりした太腿のせいでスカートがずり上がる。

菊池の目が見開く気配がした。

「この辺りでしょうか」

鏡の中の菊池と目が合う。

「あ……そ、そうですね、どうかな、長いかな、あの、もう少し短めにしてみてください」

あらぬところに視線を注いでいた菊池が慌ててどもる。

「……はい」

震える声で答えると、亜弓は擦り寄るように足元に顔を寄せた。

なんだか自分でもわからない不思議な高揚感が太腿あたりから這い上る。これはあの日琴音と西園寺のもつれる体を見たときと同じ感覚だった。

……忘れもしない、テーラーでアルバイトの面談を済ませたあと、立ち会った琴音に先に帰っていいと言われて一人出た路地。そこで振りむいた亜弓の視界に飛び込んできたおぞましい光景。二階のこの部屋の窓に体を押し付けられ、カーテンを摑み揺れている琴音の淫(みだ)らな姿態。人目を憚(はばか)らぬあられもない情交を見せ付けられ、動けなくなってしまった夜。

あの時感じたもやもやとした感覚が今、太腿から奥にかけて湧き上がってくる。

いやらしい記憶を消そうと目をきつく閉じたとき、菊池の足指に乳房が触れた。

下を向いているせいで重量感に満ちた乳房は、紺のスーツからこぼれそうになって菊池の指に乗っている。

くるぶしの位置がわかりづらく屈(かが)みこんでいる亜弓の無防備な尻が鏡に映る。

鏡の中で割れ目は高々と持ち上げられ、尻の下弦の丸いたわみまでが露出し尻の溝に薄ピンクのパンティが食い込んでいる。

たわわな胸の重圧を受けた足指がそろりと動き、その生温かいぐにゅりとしたマシュマロを押し上げる。

「あっ……」

亜弓が小さな息を漏らす。

親指に触れられたのは敏感な先っぽだった。じかに触れられた訳でもないのに、スーツを通しても分かるほど実は硬くしこっている。

尻がぴくんと跳ね、腿が震えた。だが、亜弓はそのまま体を離そうとはしない。緊張と怖さで動けない。

よく、電車で痴漢に遭った女性が怖くて声も出せず無抵抗なまま、悪意の手に弄ばれてしまうと聞く。今まさに自分が指姦に遭っているという凌辱感が奥を一層熱くする。

赤い唇がわなわなと震え、長い睫を伏せてメジャーの目盛りを指で押さえる。

声をあげたくても喉奥がカラカラで叫べない。体は固くなり、それどころか乳房の先がきりりとしこりくすぐったくて堪らない。

足の親指と他の四本指が波うつようにうごめき、丸い乳房の尖りを責めてくる。

「…………」

無言の抵抗をいいことに、足指は紺の上着のV字に開いた胸元から忍び込み、指の根元までを中に潜り込ませてくる。偶然だろうか、意識しすぎだろうか、でもこの動きは無意識ではない筈……複雑な思惑が亜弓を悩ませる。

(なんだか変な気持ちになってきちゃう……どうしよう)

何も出来ずに弄られるだけの自分に胸が高鳴って息苦しかった。狭い部屋に熱気がこもる。

グレーの靴下を履いた菊池のごつい足指がブラウスの中の柔らかい胸を押し上げ、ブラジャー一枚の下の尖りを弄ってくる。

痛くない微妙な動かし方にコリッコリッとした硬い豆粒が足指の上で跳ねる。

「ん、ん……」

亜弓は思わず声を漏らした。そして自分のいけない声に思わず耳まで真っ赤にした。

「あの……ウ、ウエスト、よろしいでしょうか」

乳首を弄られていた亜弓は場の雰囲気を変えようと、メジャーを巻き上げ必死に声を絞って下から見上げた。

菊池は慌てたように両手を揃えて股間の前を覆った。そこにはまだ見ぬ男性の雄々しい膨らみがあるのだと思うと、亜弓は自然と体の奥が熱く締まるのを覚えた。

「あ、どうぞ」

菊池は足指をさっとひっこめ、何事もなかったような取り繕った顔で、視線を泳がせている。

上体を起こし、膝立ちになる。ベルトのバックルあたりに顔を向けると、隠していても目の前にズボンの前帆が張り出しているのが分かる。

「え……」

不自然な膨らみに亜弓が声をあげるが、気づかぬふりで採寸を続けようとする。

「あの、腕を下ろしてくださいますか」

菊池は観念したのか、両腕をひらきそろそろと気をつけの姿勢をとった。

「あっ……」

目の前にあらわれた男の滾り(たぎ)に、亜弓は声をあげ瞼(まぶた)を伏せた。グレーのズボンを押し上げ、みごとな正三角形にテントを張っている。

「い、今のおズボンは丁度ですか？」

どうしていいか分からぬ亜弓は、視線を外して仕事に忠実であろうとベルトの位置を確認するために指先でズボンを持ち上げる。

張り出した棒がぐいぐいと持ち上げられ布の中で揺れている。

竿の張りの分だけ重さが伝わり、亜弓は指先の力を抜いた。頭上の菊池は苦悩に顔を歪(ゆが)めている。

「うっ……」

布の縫い目がペニスの裏筋に擦れ、はからずも走りぬける快感に堪える男の顔は初心な亜弓には理解し難い。

「すっ、すみません、どうかなさいましたか？」

すぐさま指を離すと下から覗(のぞ)き込んで心配顔で尋ねる。

恥ずかしさと困惑で潤む瞳が愛らしく揺れる。下唇を噛(か)み、不安げに見上げる表情が男心をくすぐって止まない。

「いえ、大丈夫ですから」

「あの……股下をもう一度お願いします」

申し訳なさそうな声で亜弓が頼む。先ほど乳房を弄られ、正確に採寸出来ないままなのだ。

「ああ、股下……」

微妙な場所を亜弓の指がかすめる。

ピアノを専攻しているだけあって、細くしなやかな白い指は、器用に股座を這い回る。時折、小指の先が勃起の上をかすめてしまい亜弓は困った顔になる。

「うっ……」

指先が触れた時、膨張した茎が痛々しげにビクンと跳ねる。

「あ……ご、ごめんなさい！」

確かな硬さを指に感じた亜弓は、恥ずかしさから目を潤ませ消え入りそうな声で謝る。

(これが男の人の……どうして、何故こんなに硬くなっちゃってるの)

自身の艶に気づかない無垢な亜弓は、肉幹の変容に戸惑うばかりで一向に作業が進まない。

「お客様、そろそろ閉店ですが」

聞き覚えのある野太く低い男の声がした。いつの間にかカーテンの向こうに、オーナーの西園寺が立っているようだった。

「あ、はい、もう少しですから」

亜弓は我に返ってよそいきの声で返事をした。足音ひとつしない接近に鼓動が逸（はや）る。悪いことをしていたわけではないのに、西園寺に見咎（みとが）められたような気がしてしまう。それはきっと……亜弓の芯が熱い何かを感じてしまったからだ。

それに……。

《普段はやさしい人だけど、いけないことをしたらオーナーにお仕置きされるわよ》

琴音の遠まわしな言葉と意味深な笑みが渦巻く。

無遠慮な咳払（せきばら）いが催促する。

亜弓は慌ててメジャーをするすると巻くと、立ち上がってカーテンを開けた。

「お疲れ様でした」

表に出た亜弓がヒールに足を通す。

白い爪先がエナメルの中に納まらぬうちに一歩下がり、菊池に道をあける。正面には恰幅のいい西園寺が鬱陶（うっとう）しそうにこちらを睨（にら）んで立っていた。

「お仕立上がりには一週間ほどいただきます」

西園寺の威圧的な目が、制服に包まれた細い肩に注がれる。

亜弓は試着室でのことを知られているのでは、と萎縮しつつも努めて事務的な声で告げた。

踏み込んだことは何一つしていない、ただ仕事に忠実に、客の悪戯(いたずら)な指に弄ばれながらも耐えていただけ……そう自身に言い聞かせると、また奥がきゅう、と疼(うず)いてくる。

「じゃ、来週あたりに取りに来ます」

「はい、お待ちしております」

オーダーの控え票を渡すと亜弓は視線を交わさずに深々と頭を下げた。

追い立てんばかりの西園寺の会釈に押し出されるように、菊池が足早に階段を降りていく。

遠ざかる後姿を、頭を上げた亜弓はいつまでも熱い眼差(まなざ)しで見送った。

3

階段を覗き込んで菊池が帰ったのを確かめた西園寺は、ゆっくりと身を起こして亜弓を振り向いた。

年配にしては恰幅のいい上背がのそりと近づいてくる。

斜視で迫力ある目が、華奢な体を舐(な)めるように見つめる。髪から肩、鎖骨から胸のデコルテ、そしてくびれから尻のラインをなぞり、張りのいい太腿をスカートの上から凝視する。

立ち尽くす亜弓はもじもじと足を擦り合わせ、そのたび下腹部のシルエットが浮かび上がる。タイトスカート越しにもこんもりとする恥丘に視線が注がれる。

「なんだ？　あんな男に何させていた？」

西園寺の重苦しい声が響く。

「さ、採寸を……していました……」

嘘だろうと言わんばかりの皮肉な笑みが分厚い唇の端に浮かぶ。

こんな西園寺は見たことがなかった。今までただの無口な老翁とばかり思っていたが、目をかっと見開き迫ってくる影に琴音の言葉が甦る。

《普段は優しい人だけど、いけないことをしたらオーナーにお仕置きされるわよ》

「どこを採寸したんだ、ああ？　何故採寸ごときにあんなに時間がかかるんだ！」

理不尽な責めに、息も絶え絶えに答える亜弓の声が震える。

「お、おズボンを……裾と、股下とを……」

「股だと？　何を測ってたんだ。あの男の勃起の大きさか」

逆上した西園寺は卑猥な言葉を浴びせ続ける。

こんな筈ではない、あのクラシック好きの気取った西園寺がいやらしい言葉を投げつけるなんて、亜弓は恐怖と困惑でおずおずと後ろへ下がる。

目の前に迫る西園寺が乾いた音をたて、ほっそりとした白い手を連打する。

「この卑しい手が！　この指が男の股間を這いまわったのか！」

「ああっ！　しません、そんなこと！」

「嘘をつけ！　股間に触れて感じていたんじゃないのか」

「しません！　本当に、そんなことしませんから、ああ、お許しくださいっ……」

逃げようと後ずさりするうちに、遂に窓ガラスにまで行き当たった。薄いレースのカーテンをたわませて背をぴったりと窓につけている。

何もしません、ちょっと手間取っていただけですと言い訳をしたかった。だが、逆上している西園寺がそんな台詞を聞き入れるはずがない。むしろ菊池をかばっていると受け止めて憤怒を煽りかねない。

「ああんっ！　いやあっ……」

亜弓が甲高い叫びを上げる。

西園寺はズボンのジッパーを下ろすとグロテスクな肉塊を取り出してタイトスカートの恥丘に押し付けてきた。

怒りを撒き散らしながら早くも隆々とする勃起の先には透明の雫が宿っている。

初めて見る男のモノに亜弓は思わず目をきつく閉じる。あんなにもごぼごぼとして赤黒ずんでいるとは、想像を絶する奇形に身が震える。

恥丘の盛山に押し付けられたペニスはそのまま柔らかい三角州へ首を垂れゆくと、西園寺が腰を落として位置を確かめるように押し上げてくる。

「ここか、ここか」

怒りながらも喜色を浮かべ、ぐりぐりと芋虫を押し付けてくる。紺色のスカートの中央に粘った透明の汁が付着する。

窓に押し付けられた亜弓はされるがまま腰を預ける。ズボンの足がふくらはぎを撥ね除け滑り込んでくる。タイトスカートは衣擦れの音を立てて腿まで捲り上げられる。

ごつい指が内腿を撫でた。その乾いた皮膚のざらりとした感触に全身が鳥肌立つ。

遠慮ない指はそのまま何度もすべらかな肌を撫で回すと、手のひらを返してパンティの船底に触れた。

初めて男に触れられるというのに、こんな凌辱に満ちた仕打ちを受け涙が滲む。

「あ、あ、あ、いやぁ、いやぁ……あ、あん」

抗いながらも、亜弓自身その声が違う色を帯びていることに気づいていた。

腰から下の力が抜けぐらぐらと揺れてしまう。恥ずかしい股座を撫でられているというのに、揺れを止めることが出来ない。

上向きの手のひらは親指を一本立て、パンティの上から縦筋をぐにゅりと押し込んでくる。肉ビラの重なりの奥で何かぷつんと固い芯のようなものが、指の圧迫にくすぐったさを覚える。

「あふん……んんっ」

鼻にかかったような切ない嗚咽(おえつ)が、やがてリズミカルな喘(あえ)ぎに変わっていく。

指がぐるぐると円を描くように柔肉の上で踊る。まるでここだという確信を得ているかのように、肉ビラのやや上を集中して刺激する。

二枚貝のように重なった陰唇を圧され、亜弓は腰から下が蕩(とろ)けそうになっていた。うっとりすると同時にいじいじと、そこをもっと擦って欲しい焦りと高揚感が内腿からY字へと這い昇ってくる。

(何？　何なの、そこ……)

犯されているというのに、脳の空気が薄くなり何か強い突き上げに向かって走っているような浮遊感が割れ目から太腿にかけてを支配する。

指に弄られているのは分かっていても、くちゅくちゅいう音が不思議だった。

秘肉は熱く充血しているのに、あふれ出る汁で冷たく濡れ、指に押されるたびにじゅっとぬめりが広がる。

遠い刺激がもどかしかった。ひどい目に遭っているのか、何をされているのか、アソコはどうなっているのか……頭に血が昇って考えがまとまらない。

「ううんっ、うんっ、うふうっ」

目を閉じている分聴覚が研ぎ澄まされ、どんな音も逃さずに聞こえてしまう。吐息に重なる水っぽい破裂音が想像を掻き立てる。

「はあ、あ、あ、んんっ」

「あの男にさせたろう？　卑しいことをさせたろう？」

西園寺の指が容赦なくクリトリスを弄り問いただす。

「し、しません、何も、はうっ……」

「嘘をつけ。隠しても分かるんだぞ。お前のアソコに指を突っ込んだらすぐにばれることだ」

「いや、や、やめて……ああん……」

西園寺がパンティの中に手を潜り込ませ強引に秘部に指をねじ込んだ。

「う、くうっ！」

露に濡れてしっとりとした縮れ毛を指先が掻き雑ぜる。

「なぜ濡らしているんだ？　あの男だろう。あの男に弄らせて、もう潮を吹いているんだろう」

「そんな……おじさま……お願い、やめて」

亜弓は何もできない無力な自分を呪(のろ)った。

「違います……」

言葉を探してあぐねた唇は、本心でない台詞をこぼす。

「お、おじさまが、おじさまがお指で触ったから……」

「何？　俺の指か」

西園寺の目の色が変わる。睨み付けていた瞳が開かれ唇の端が薄く笑う。

「はい……そんなところを触られて、何だかくすぐったいような、中が、中が……」

「中がどうした？」

「ぬ、ぬるぬるしてきちゃったんです」

耳まで赤くした亜弓は潤んだ瞳で訴える。こんな辱めを受けたことはなかった。だがそうでも言わなければ赦してはもらえない、畏怖の念が嘘をつかせる。

恥じらいながら告白する亜弓を見下ろして、西園寺はまんざらでもない表情を浮かべた。

指先は相変わらず縮れ毛を遊び、時折その奥の肉襞を搔き分けてはくにゅくにゅと弄っている。

「そうか、俺に弄られて気持ちよくなってきたのか。姉の琴音に似て、お前もスキモノだなあ」

琴音の名に亜弓は身を硬くした。やはり姉はこの男と関係があったのだ。あの日この窓に浮かんだふたつの肉はまさしく姉と西園寺だったのだ。そして、今同じ場所で自分が西園寺の玩具になろうとしている。

お仕置き、という言葉を口にしたときの琴音の意味深な笑みが、今なら納得できる。

「じゃあ、ほら、しゃぶれ！　お前の大好きなこれをしゃぶれ！」

西園寺は亜弓の秘部を責めるのをやめ、今度は己がグロテスクなイチモツを手に、口淫を強要し始めた。

指をパンティから抜かれ、先ほどまで遠い快感に身をゆだねていた亜弓は窓ガラスにもたれこんだ。

西園寺は亜弓の肩を押して跪かせると、愛らしい赤い唇にグロテスクな肉幹を押し付ける。

「ああ、許してください……」

生臭い匂いと先を濡らす我慢汁が唇を汚し、余りのことに涙がにじむ。

「咥(くわ)えろ！　ほうら、早くするんだ」

「いや、いやぁ……」

「何がいやだ！　お前は男の竿が欲しくてたまらないんだろう」

「おじさま、そんなこと、そんなひどいこと言わないで……ああ、ああ……」

泣きべそをかいていた亜弓が沈黙した。恥ずかしいのを我慢して赦しを請うたのも虚しく、唇に淫棒をねじ込まれる。

苦しげな息遣いだけが聞こえてくる。

亜弓の小さな口が汚らしい黒い茎を突っ込まれ、淫らに歪む。

「う、う……おおう……ううう……」

地を這うような西園寺の声がとどろく。望みどおり、赤黒く血管を浮き立たせたペニスを咥えさせ、恍惚となっている。

「んん、んん、んんっ」

「うう、どうだ、そう、もっと吸い込んでくれ……喉の突き当たりまで……ううっ！」

亜弓の苦しげな声が漏れる。口いっぱいに頬張る竿に濃い睫を瞬かせる。どうしていいか分からない、ただ咥えたまま舌を動かすこともせずにいる。

「んんん、んぐっ、むうう……んぐ、んぐ、んぐ……」

レースのカーテンの前に立つ肥満体が尻を大きく揺らす。その巨体の向こう側に隠れるようにしてスーツ姿の亜弓が跪き、剝き出しの男の尻たぼを抱きかかえ、出っ張った腹の下に美しい顔を埋めている。

部屋に流れるクラシック音楽は、何事もないように美しい旋律を奏でている。

西園寺は窓の外を向いたまま、亜弓の口に淫茎を挿し込んでは抜きを繰り返す。

「いいか亜弓……舌を動かしてみろ、そう、そうゆっくりな」

亜弓は言われるがままに夢中で肉棒をしゃぶり、ぐちゅぐちゅと音を立てて唇をすぼめて吸いあげる。愛らしい唇は乱れたルージュで赤が滲んでいる。

早く終わって欲しい……その一心で初めてのフェラチオを施す。

これがお仕置きなのだ、西園寺の意向に逆らったお仕置きなのだ……琴音もまたこの洗礼を受けたに違いない。

「スキモノめが、うまいじゃないか……あの男のもしゃぶったのか？」

西園寺が快感から声をつまらせながら呟く。

「んんっ、し、しません、そんなこと」

「本当か？　俺のがいいのか」

「はいっ、亜弓はおじさまのだけしかしゃぶりませ、ん……うむう、ん、ん、んぐぅ」

満足げな西園寺がポニーテールの房を持ち上げて指で撫でる。

「そうか、またしゃぶらせてやろう」

「んぐう……はい、おじさまのを……んむぅ……むぐぅぅ」

「してみたかったろう？　オチンチンをこんなふうに」

「むぐぅ……うぐ、う、はあっ……はい、おじさまのオ、オチンチン……」

涙混じりの吐息が赤い絨毯の部屋に充満する。

「ようし、いい娘だ」

西園寺は腰を引いて竿を唇から抜き取った。ポンと小気味いい音とともに亜弓の口端から唾が垂れる。

華奢な亜弓は脇から手を添え抱き起こされると、そのまま窓ガラスに押し付けられた。

「あんっ！」

紺のスーツの金ボタンが飛び、ブラウスのリボンが解かれる。なで肩に不釣合いな豊かな二つの丸みが、淡いピンク色のブラジャーの中で重たそうにバウンドする。

光沢あるサテン地のカップからこぼれんばかりの白い乳房が窓にぐにゅりと潰れる。ガラスの冷たさと緊張から肌に無数の鳥肌が立ち、カップの中に隠れる赤すぐりまでもが硬くしこってくる。

タイトスカートは乱暴に捲り上げられ、中から白い桃尻が丸出しになった。ピンクのパンティは西園寺に弄られたせいで船底がよれ、尻の割れ目に食い込んでいる。

ポニーテールが解け、髪が肩にふんわりとかかる。

西園寺が亜弓の腰を引き寄せ、足でふくらはぎを撥ね除け足をハの字に開かせる。無遠慮なズボンは膝をたてて、熱く火照（ほて）った股間にぐりぐりと擦り付けてくる。

恥ずかしい体位を強いられた亜弓は両手を窓について首を横に振っていやいやをする。

容赦ない膝が下から上へ股間を持ち上げるように擦り続ける。

亜弓の手が卑劣な責めに耐え切れずにカーテンを摑（つか）んだ。たわんだ乳房は揺れ、カップの縁からこぼれた乳首が痛々しげにへしゃげている。

西園寺の手が尻から前へ滑り込み、妖しい茂みを掻き分ける。嫌がりながらも濡れてしまっている雌蕊（めしべ）に肉厚の指が潜り込む。ぬるりとした感触に勢いづいて前へ滑った中指は、二枚貝を割り肉芽を捕らえ小刻みに上下に擦る。

「あんっ、あ、あ」

クリトリスへの刺激に感じたことのない強い快感が太腿から上ってくる。自ら腰を振ることで、指に自動的に姫豆を擦り付ける。

西園寺は指一本あてがうだけで腰を動かす亜弓の尻たぼを揉（も）む。

「なんだ、自分から擦り付けおって。もう味をしめたのか？」

どんな卑猥な蔑（さげす）みの言葉にも抗うことは出来なかった。いやむしろ凌辱されるほどに昂（たか）ぶり感じてしまう。もっと擦ってもっと高みへ……見えない絶頂に向かって腰を振ってしまう。

「あん、おじさまっ、そこ、そこお」

引きちぎれんばかりに揺れるカーテンが、情事の激しさを物語る。

西園寺が女陰を鷲掴みにするように手のひら全体でバイブする。姫豆は周りの盛り肉にぶるると揺らされ遠い揺れが心地よい。じかに弄られ痛みが走るよりも、間接的な摩擦がかえって勃起したクリトリスを刺激する。

「はうう、おじさま、そこ、そこ、変になりそう！」

秘豆への刺激の手が止み、濡れて軟らかくなった秘孔に太幹があてがわれる。やわやわとした穴は太い竿の丸みで圧迫され、そのまま突くとずぶりと入ってしまいそうだ。

何をされるのか不安に怯(おび)える亜弓が杭から逃げようと腰を引く。

「あはあっ……お、おじさま、やめて、いや、い、や」

クリトリスでの快感は、以前からなんとなく感じてはいた。テレビでいやらしいシーンを見たり本でそんな場面を読んだとき、アソコがじんじん厚ぼったくなり、ぬめらかになり割れ目の奥がいじいじする感覚を覚えたことがある。

だが、インサートは初めてだ。どこにどうされるかも、実際には分からない。今こうして尻を突き出し、割れ目に肉棒をあてがわれているが、これから何が始まるのか、不安と恐怖で奥がきつく締まる。

「や、いや、あ……」

股を閉じようとしても男の力にはかなわない。

リビドーに焚き付けられた西園寺の肉厚の手は、亜弓の腰を引き寄せがっしりと固定する。

硬い怒張は哀願など聞こえないのか、穴の在り処を確かめると、ゆっくりと膜を破って沈んでいく。

初めての結合に強張った膣口は狭まり、侵入を阻む。

「突くぞ」

太い丸みがぐい、と膣口を押し込んだ。

「い……！」

「うぬ、う、う、う」

入り口はぬるりと滑りやすかったが、わずか一センチにも満たないところでペニスが先へ進めない。西園寺は眉をしかめて赤ら顔で歯を食いしばる。

緊張した膣口が、亀頭の丸みを締め付ける。

「痛いっ、おじさま、痛いっ！　いや、あ、いやいや、痛いぃ！」

「力を抜くんだ。硬くなれば余計に痛むぞ。慣れれば気持ちよくなる。さあ、股をうんと開いて、俺のを呑み込んでゆけ」

何を言っても聞かない西園寺に、亜弓はしゃくりあげながらも股を開く。爪先が赤い絨毯の毛足に埋もれながら震えている。

「そうだ、そう、そう、おおっ」

腰をうんと落とした西園寺が下から捻じ込んでくる。亀頭の丸みが狭い膣穴を通過し、張ったカリがくんと弾んで押し入った。ここまで潜ればあとはもう一気に突き上げられるだけである。

「あー！　痛いっ、あ、あ、いやあっ……！」

華奢な柳腰には無理だろうと思われるほどの太幹が潜り込んでゆく。粘膜を遡る肉茎に抗うように膣壁のイソギンチャクが一斉に絡みつく。さざなみの如く樹に纏わりつく襞はきゅうと吸い付いて離れない。

「おう、おう」

西園寺が掛け声をかけて尻を突き出すと、マラは子宮に突き当たり丸い肉壁を穿った。

「あうん……、ん、んん」

「どうだ、亜弓。これでお前も女になったぞ」

満足げな声が耳元にこだまする。

分厚い両手が腋の下から前へ伸びて両の乳房を揉みしだく。竿はずっぽりと根元まで挿し込まれ、リズミカルに下から上へ突き上げる。弛んだ腹が急かすように小刻みに揺れる。

「い……や、あっ！」

きゅっとすぼまった割れ目の奥の秘裂に刺さった愚直な棒に亜弓は悲鳴をあげる。いくらリズミカルに突き上げられても、初めての亜弓には痛みで快感どころではない。何か硬い異物がどろどろした膣の中を擦っている。だが胸の尖りは弄られれば弄られるほどに気持ちよく、もっと指で引っ張って欲しくなる。それにつれて、痛い膣奥もきゅんと収縮して太腿に電気が走るような感じがする。

（やだ、私……なに、これ）

痛がりながらも遠いむず痒さが膣奥に湧き起こる。このまま乳首を転がされ、醜いペニスを抜き差しされ続けたら、どうかなってしまいそうな気がする。

「あはあ、あ、あ、あ」

悲痛な叫びがいつの間にか切ないよがりに変化する。

マラに驚いた膣襞は痙攣しながら薄皮を食み続ける。初めての男の味に粘液が狂喜し蜜が溢れ出す。

「おおお、すごい締め付けだぞ、根元から食いちぎられそうだ」

西園寺は腰を抱いたまま亜弓の体を窓ガラスに押し付けた。

処女の痛みを哀れに思ったのか、ゆるりと速度を落として浅く抜き差しする。にちゃにちゃと牝汁が音を立て、膣口の輪にゼリー状にこびりついているのが想像できる。

「痛い、おじさま……痛いぃ」

涙を滲ませた亜弓は押し付けられた体のまま首をねじって背後の巨体に訴える。尻に突っ込まれる度に白い腿肉が震え、たわわな胸がレースのカーテン越しに吸盤のように丸く押しつぶされる。

ガラスに張り付くようにくっきりと浮かんだ裸体が、万歳の格好のまま揺れる。

「あん、あん、うっ、んん」

何度もピストン射撃をされるうち、ぬめり汁で滑りよくなったヴァギナは強張りも解け男根を受け容れようとうごめき始める。

ノの字に反った茎に合わせ狭い膣径が密着する。竿全体をすっぽり包むような感覚が腿にまで伝わり、もっと奥へもっと深く吸い込もうと粘膜が収縮する。

「ん、うんっ、ふうう……う、うふう」

痛みに歪んだ表情が次第に和らぎ、眉間の縦皺（たてじわ）が消える。軽く開いた唇から吐息が漏れる。

「早いなあ、もう痛みを忘れて感じてきたのか」

西園寺は満足げに呟くとたるんだ尻で亜弓の股間をグイグイと持ち上げグラインドする。離れては押し込み、離れては押し込み、やがてその繰り返しが早くなり亜弓の体はしなう鞭のようにくねる。

「あっ、はあっ……おじさま！　あん、ああん……変になっちゃいそう」

清楚で可憐な亜弓の白い裸体がよじれウエストに皺が寄る。その秘めやかな女陰にたぎった棒が突っ込まれ、それを軸に蛇のように腰をくねらす。

青い果実の乱れる様に、竿は膨張し先汁が尽きない。

窓に押し付けられた亜弓は両腿を床にふん張り突き上げに耐えている。快感の波が腿からこみ上げ、足を張らずにはおれない。きつくまっすぐに伸ばしていると、女陰の奥から湧き起こる遠い快感の波が熱く大きくうねってくるのが分かる。

もしかしたらこれがイくということかもしれない……大きな期待に呼吸を荒らげる。突っ張った腿が震えふくらはぎが盛り上がり、爪先は床を蹴る。

「ん、ふうっ、ふうっ」

目を閉じて快感の波に乗ろうとする亜弓に感づいた西園寺は、太い腕でくねる桃をがっしりと捉え固定すると、下からきつい打ちつけを見舞った。

「はううっ！　痛いっ、おじさま、中が、中が壊れちゃううう！」

ぼってりとした尻が打ち付けられる度、亜弓の上体はしなり顎(あご)を突き出して喘ぐ。柔らかな膣壁は硬い肉樹に抉(えぐ)られ、ピストンにつれて淡いピンクの濁り汁を内腿に飛び散らす。腿と腿が擦れ合って、ゼリーの飛沫で肌がぬめる。ぶつかり合う肉の摩擦で透明だった牝汁が白い泡を吹く。

「あ、あ、あ、おじさま、ああ、だ、め、だめ、だ……！」

膣襞がつるつるに無くなってしまうほど激しい擦り付けを受け激しいピストン連打の雨に穿たれる。最大限に太くなった竿が膣径を裂かんばかりに抜き差し、若い膣は張り裂けそうに内から腫(は)れる。

「おうっ……！」

連打のクライマックスにひとつ大きく突き上げると、西園寺は動きを止めた。

極度に膨張した肉棒の先から子宮めがけて白い熱い液が吐き出される。

「はああ……おじさま」

穴はきつくペニスを捉えたまま放さない。長時間留まるとうっ血しそうな締め付けに、竿を手で支え抜き取った西園寺は手のひらで白濁液を受けた。そのこびりを目の前で呼吸する白桃の双丘に塗りつけてゆく。

揺れる竿に緋色の筋が這い、処女の膜を破ったことを証している。

「貪欲な穴め。男の精は美味（おい）しいか」

　突き出したままの亜弓の尻に手をつき、屈んで覗く。ペニスの形のまま丸く口をあけた女孔は、呼吸に合わせひくつきながら白い濁り汁を垂らしている。

　鼻息を感じた亜弓の壺はきゅうと閉じるが、すぼまるほどに穴からは淡いピンクの混じった淫汁が搾り出されて内腿を伝って落ちる。

　その汁垂れをごつい指がすくい半開きの赤い唇へ塗りつける。伸ばした舌がその汁を美味そうに舐（ねぶ）る。

　もはやどこを触れられても感じる体となっている亜弓には、吐き出された精もまた甘酸っぱく、リビドーを掻き立てる媚汁だった。

「あうう、ん、おいし、い……」

　太い指に吸い付く唇は、まるで尻のすぼまりのように縦皺をいっぱい寄せて、開いては閉じを繰り返す。

　真紅の絨毯の上に無残にも白い液が飛び散っている。亜弓のものとも西園寺のものともつかない混ざり汁は溶け合い、辺り一面に酸っぱい匂いが立ち込めている。

　四辻の角には菊池の影があった。

西園寺と亜弓のただならぬ雰囲気が気がかりだった菊池は、テーラーが閉店になるまで見届けようと二階の窓を見つめていた。

そこに思いもしなかったおぞましい光景が影絵のように浮かび上がり、リズミカルな無言劇が繰り広げられ、見たくもないシルエットを嫌というほど菊池に見せ付けた。

(あの清楚なお嬢さんが、あんな男と……)

ふたつの肉が激しく絡む分だけ、虚しさが込み上げてくる。勝手な妄想と言われればそれまでだが、あの初心で愛らしい掌の兎のような女学生に処女の幻影を抱いただけに、受けた痛手は深い。よりによってあんな醜老に、あんな場所で……。

破廉恥な凌辱を見たい興味もあるが、とても最後までは正視出来なかった。

行き場のない熱い股間に手間取りながら、菊池はビルに背を向け家路を急いだ。

第二章　艶姉・琴音

1

また水曜日がやってきた。

琴音はテーラーの二階で壁に掛かった時計を見上げる。

昼下がりの二時半、西園寺はいつもどおり近所の名画座に出かけた。古い映画を一本観たあとはカフェでカプチーノを啜（すす）り夕方に帰ってくる。時に画廊巡りをすることもあるがお決まりの散歩コースは琴音がここに勤めてから一度も変わらない。

斜視の目から解放される数時間。客もなく、初夏の空が水色から淡い紺に変わっていくのを二階の窓から眺めていればいいのである。

午後の日差しに光るショウケースを覗き込む。髪は明るいブラウンで、丸顔の顎の下でカールが揺れる。色白の頰につややかなオレンジ色のグロスに彩られた唇がぽってりと突き出ている。

髪を耳にかけながら、鳶色の瞳を動かしてケースに映る自分に微笑んでみる。

「あの子、うまくいってるかしら」

一回りも年の離れる亜弓の楚々とした姿がちら、と脳裏を掠める。

初心な妹が気がかりで紹介したアルバイトも二週間が過ぎた。そろそろ西園寺のお仕置きを受けた頃だろうか……目の前の緋色の帳を見つめて溜息をつく。

(だって、こうでもしないとあの子ったら男の人を知らずに過ごしてしまうわ……それに)

妹を思う気持ちといけない悪戯に溺れる体の狭間に揺れる琴音は、軽く頭を振った。西園寺の存在に恐れを抱きつつも、肉は苛められる悦びを覚えてしまっている。

主婦である琴音は夫との遠い関係に疼く体を、この試着室で満たしている。当初こそオーナーの肉欲に戦いたものの、忘れかけていた女の悦びを此処で再び呼び覚まされたのだ。強すぎる刺激もやがては甘美なスパイスとなり女体を蝕んでくる。

(それに、亜弓もいればもっと深い悦びを味わうことだって出来るかも……そうよ、三人で)

淫らな妄想が奥をきゅうと締まらせる。

昼日中から、なんだか欲しくなってしまう……それもあの西園寺のせいで、と弛んだ老体を憎々しく思い出す。

琴音は溢れる欲望を振り切るために、ショウケースの下の引き出しから注文台帳を取り出し捲ってみた。

滑りの悪い青カーボン紙が指に纏わりつく。

ここ数日、注文客はなかったが一枚だけ新しい紙が挟んであった。

「これね、亜弓が受けた注文って」

今日が仕上がり日だったので、よろしくお願いね、と亜弓に頼まれていた。

菊池　俊
本人が記入した筆跡をなぞりながらどんな人物か想像する。これだけの筆圧なら体格がよく、大胆な性格に違いない。ちょっと撥ねが荒いところも男っぽくて好感がもてる、年齢はここの客層にしては少し若め。

琴音は静かに台帳を閉じると引き出しに戻した。

赤い絨緞の上のほこりが目に入り、モップに手を伸ばす。こんな時間に客が来ることはほとんどなく、いつも琴音はショウケースを磨いたりして時間を過ごしていた。

結婚して五年がたつが子供はいない。淡白な夫は仕事ばかりで家にいても刺激はなくもてあましてしまう。ならばここでクラシックでも聞きながら銀座の空気に触れているほうが幾分ましだろう、そして此処なら知らない世界を知ることが出来る。そう思い始めたパートももうすぐ一年、知らない世界をどっぷり体に教え込まれてしまった。

「ふう……」

真紅の絨緞は西園寺の趣味だった。

燃えるような緋色は女性器の深みを、毛足の長さは秘孔にうねる襞の絡まりを彷彿させるからだ、と初めて犯された日耳元に聞かされた。

この赤い絨緞の上に伏せられ、生臭い息を掛けられながら弛んだ腹の連打を受けたあの日。まだ勤めて間もなかった琴音は、客に色目を使っただろうと言いがかりをつける西園寺によって嫉妬の淫刃で禁忌の肉を貫かれた。

それは初めこそ屈辱であったが、次第に回を重ねるにつれ、夫に満たされぬ琴音に女としての自信と悦びを植え付けた。

瞼に焼きついた卑猥な光景にモップの手を止める。きれいに手入れしてあるはずの絨緞に、古くなった付着物のひからびを見つけた。

その場にしゃがむと紺色のタイトスカートがずり上がり、むっちりとした腿があらわになる。

濃い睫を瞬かせて顔を近づけてみる。白く粉を吹いたような一円玉にも満たないこびりつきが毛足を絡めている。

「あら、いやあね」

伸ばしかけた指を空に浮かべたまま、その爪先を顎にあてがう。琴音の口元に笑みが浮かび、ぽってりとしたオレンジ色の唇が軽く開く。

この色、形、琴音は頬を染めて見つめた。幾度となく西園寺に求められ孔を穿たれたときに垂れるあの染みに違いない。

「……んふ、あの娘ったら、どうだったのかしら」

そういえばこのところ亜弓の様子が落ち着かない。交代の時間に顔を合わすかメール程度でしか窺い知れないが、何かぼんやりと考え事をしているようで、声をかけると頬を染めて何でもないと首を振る。

体つきも心なしか女らしくなり、尻から腿へのラインが色香を放っていると言えなくもない。

琴音は西園寺の言葉を思い出した。

《男を知った女は歩き方が違うのですぐにわかる。処女にはない艶かしさと恥じらいとが同居して、股が擦れる度に咽るような匂いを放つものだ》

確かに、遠い昔初めて経験した数日は、あそこに異物感があって歩くのも辛かった記憶がある。

「やあね、私ったら。いいのよそれで」

軽い嫉妬と安堵と不安が混ざり合い、唇からふっと溜息が漏れる。

いや、それとも……この痕跡は西園寺ではなく菊池という男のものかも知れない……まさか、とは思うものの、採寸した夜の亜弓のメールはどことなく高揚し、いつにない言い回しの文章だったのも引っかかる。

「どんな人かしら、知りたいわ」

琴音はカールした栗色の髪を耳にかけると、ゆっくりと立ち上がってモップを片づけた。


「すみません」

琴音は背後からの男の声に驚いて振り向いた。ショウケースを挟んでそこに、見慣れぬ若い男が緊張した面持ち(おもも)ちで立っている。紺色の背広にベージュのタイがよく似合い、焼けた顔を明るく見せる。

外回りの営業に行くといって会社を抜け出した菊池は伝票を手にして所在なさげに佇(たたず)んでいる。

静まり返った店内に自分の声だけが虚しく吸収されていくのを恥じたのか、菊池は辺りを見回すと目を上げて再び琴音を見つめた。

「……いらっしゃいませ」

いやらしい妄想を抱いていたところへのふいの来客に、もともとハスキーな声がよけいに裏返ってしまう。透けるような色白の肌が赤らみ、肩で揺れる髪とともに涼しげな目元が揺れている。

「どうぞ、ご覧ください」

手をかざして、生地の並んだ棚を示す指先に宿る赤いマニキュアが美しい蝶のようにひらひらと舞う。

「あ、ああ、はい……」

緊張する菊池の横顔から視線を移し、琴音はじっくりとその体を眺めた。スーツの下は筋肉質のがっしりした骨格で、胸板の厚いスポーツマンタイプ……。

「何かお探しですか？」

落ち着かない目で立ちつくす菊池を不思議に思い、オレンジ色の唇が小気味よく動いて尋ねる。

「あの、これ……出来ていますか」

菊池は掌に握りしめていた受取控をショウケースのガラスの上に置いた。皺くちゃになった紙片を赤い爪先が拾い上げる。丁寧に紙を伸ばす琴音の横顔に視線が注がれる。

ふっくらとした頬、柳のようなやさしい眉、ぽってりと突き出した唇……くるくるよくまわる瞳は差し込む日差しに茶色く光りながら艶やかな表情を湛える。

（あら……この人が菊池さん？）

台帳の控えのカーボンと同じ筆跡が皺くちゃな紙の上に現れた。

今想像していた人物がまさに目の前にいる。亜弓が語るその口調がどことなしに恥じらい訥々としているので不思議に思ったが、なるほどこの男だったのか、と琴音は目を丸くして見つめた。

「菊池様ですね、こちらのお召し物、仕上がっておりますのでご試着のご準備をいたします」

「あ、はい、そうですか」

「……では、あちらの試着室でお待ちくださいませ」

琴音はたおやかな笑みを残して、奥へ消えた。

2

「失礼します。よろしいでしょうか？」

琴音が試着室のカーテンの向こうから声をかける。

「あ、はい」

それを合図にカーテンが静かに開くと、手にスーツを持った琴音がヒールを脱いで滑り込む。

「こちらになります」

出来上がったスーツを見せるとカーテンを閉じ、ハンガーを壁際のフックにかけて、ビニールに包まれた中から丁寧に取り出す。

光沢のいい生地、紺の中にも華のある明るい色目がシャンデリアの下で輝く。

琴音は一向に試着室を出る気配をみせず、スーツを手にしたままの菊池に微笑む。

「お手伝いいたします」

鳶色の瞳が愛らしく動く。

「まず、おズボンから……」

「え、あ、あの」

「楽になさってくださいね」

琴音はワインレッドの絨毯に跪くと、すばやい手つきで静かにベルトを外し始めた。緋色の絨緞に白いふくらはぎははっとするほど美しく映える。

「え……」

「んふ……」

今まで見てきた役員クラスの客層と違い、おどおどする菊池は琴音を充分に刺激した。不慣れな青年、スポーツマンタイプの体軀、それでいて女性の体に関心があって目はいつも尻や胸を追っているちょっといやらしい男の子……琴音の口元が綻び、意味深な笑みがこぼれる。

下から見上げる瞳は先ほどよりも潤んでしまう。

言葉を失った菊池は息苦しそうに口を開いた。

「あの、この前採寸してくださった女性は、今日は」

琴音は柳眉を少しあげて、ベルトにかけた手をとめた。

「入江亜弓でしょうか。妹ですわ。でしたら勤務が五時からになります」

「妹さん？　そうですか、あの、この前彼女に採寸してもらったもので……」

紺ジャケットの胸に光る金色のネームプレートを見て菊池が不思議そうな顔をする。

琴音はたわわな胸を突き出して、指先に摘むと菊池の方に向ける。

「うふ……私と亜弓は姉妹なんです。私は姉で、琴音といいます。結婚しているので苗字が違うの、不思議に思われたんでしょ？」

「えっ、そうなんですか……ああ、お二人ともどうりで似ているんですね」

菊池が大きな声で驚いたように言う。

「あら、似ていますかしら」

瞳を開き、小首をかしげて見つめる。ふたたびベルトに手を伸ばすと、ツンと上向きのバストが太腿に触れる。それでもかまわずバックルの穴から金具を外していく。

「亜弓は音大生で学校が済んでからのアルバイトなんです。もともとここでお昼間働いていた私が誘ったのですわ」

「ああ、そうなんですか」

「私は主婦だから、夜お家を開けられないでしょ、だから亜弓に夜来てもらっているんですの」

細い指先が手際よくベルトをさばき、金具が外され、前のボタンに手がかかる。

「……さあ、ズボンを穿き替えていただけます？」

心なしか張り出すジッパーのあたりを見つめながら琴音が促す。

「で、でも、あ、あの……」

「うふふ、恥ずかしくていらっしゃるの？　お気になさらずに、琴音にお手伝いさせてください……」

ハスキーな声が興奮のせいか裏返って、よけいに切なげに響く。

菊池の反応を面白がって琴音が優しく導く。二人の間に何があったか分からないが、初心な亜弓が意識している男だと思うと余計に接近してみたくなる。姉としての自負と、女としての競争心が琴音を駆り立てる。

股のそばに顔を近づけると、そこは早くも奮い立っていた。

「……妹さんとよく似ているけど、こ、琴音さんのほうが大人っていうか、その、色っぽいですね」

花びらのような唇が軽く開く。

「んふ、お上手ね」

「いや、その、すみません、変な意味じゃなくて」

焦る姿がいじらしく、琴音は不慣れな青年をもっと翻弄してみたくなった。

「色気があるとしたら年の功ですわ。一回りも上なんですの。亜弓が二二で、私はもう、三四」

「そ、そんな、すごくお綺麗です！」

「あら、いいのかしら？　亜弓が怒るわよ」

赤い爪先が、硬くなりはじめた棒にそっと触れた。

「ねえ、あの子と……何かありましたの？」

「何かって……」

下から見上げる鳶色の瞳が深い光を放つ。真っ赤になった菊池の顔に確信した琴音はさらに言葉で煽る。

「だって、あの子ったら菊池さんのこと話す時、いつも恥ずかしそうにするんですもの。このお店に若い男性がいらっしゃるのは確かに珍しいんですけど……あの子、慣れてないからら」

「いえ、そんな、その……」

困り顔の菊池をいたぶるように、その間にも爪先はズボンの上から天を向く幹を擦り続けている。

「うふふ、いいのよ、あの子初心だから、もっと教えてあげて」

菊池は言葉を失い恥ずかしそうに身を縮めるが、ペニスだけは生き生きと膨らみを増し、指に余るほどに張り出している。

「コレが何かあの子に教えてあげて？　採寸のときもこんな風に立派になっちゃってたんでしょう」

琴音は膨らんでせり出したペニスの塊を手のひらで包んで撫でる。ズボンの布越しにも、摩擦の度にピクンと脈打つのが分かる。

「いじめるのはこの辺にして……さあ、楽になさって、ほら、だめじゃない、硬くなるとジッパーが下りないわ」

いきり立つ棒をなだめるように、琴音の指先がやさしく先の丸みを撫でながらズボンのジッパーを下ろす。菊池は硬直を隠すように腰を引いてみるが、琴音の指の摩擦で棒はみるみる硬さを増す。

「ああっ、あの……」

ジジ、ジジ……と音がして、パンパンに張った窓がゆっくりと開けられる。膨張の山が顔を出し、もうすこし下げるとグレーのトランクスの中のモノが元気よく飛び出してきそうだ。

菊池は半分開いたジッパーの前を手で覆った。

「大丈夫よ、任せて……」

張り出した棒にうっとりとした琴音は、トランクスの上から頬を押し当てた。中途半端な位置で止まったジッパーだが、肉幹は我慢できずに半分はみ出している。

「ううっ……！」

呻き声が静かな部屋に響く。

竿の先の亀裂から滲んだ先汁がグレーの下着に染みをつける。

「ああん、お漏らししちゃったの？　もう感じてるのね、いやだ、こんなに大っきい……」

琴音の形のよい鼻の頭が硬い肉茎の裏筋を撫で擦り、染みのついたトランクスを舌を尖らせて舐める。

唾で染みがさらに広がる。

「あっ、あの、あの、僕っ……」

琴音は絨毯に跪きズボンの膝に胸を押し付ける。弾力のいい丸みが膝頭に跳ねぐにゅりと潰れる。

ジャケット一枚通して胸の尖りが膝に擦られ快感が走る。刺激が遠い分リビドーを掻きたて、もっともっとと押し付けてしまう。

ジッパーを摘む指先に力がこもり最後まできっちりと下ろすと同時に、トランクスの前が三角のテントを張って飛び出した。

「うふん、きついおズボンは脱いじゃいましょうね」

琴音はズボンをひき下ろすとはらりと床に落とし、ソックスにトランクスだけの菊池の股間に顔を埋めた。蒸れて汗ばむ股座のむわっとする匂いを吸い込む。

「はああん、いい匂い……」

「あ、あ」

今股間に顔を埋めているのが亜弓の姉であること、人妻であることが菊池を余計に昂ぶらせる。

「一日中の汗やおしっこの匂いがこもってるのね。ああん、硬いのがこんなに熱くなってる……」

縦に切り込みの入ったトランクスの隙間に細い指を忍び込ませる。綺麗に伸ばした爪先がもしゃもしゃの陰毛を分け入り茎にあたる。

隆々といきり立った棒はトランクス一杯に膨れ上がり、指で摘んでもなかなか外に出てこない。じれた琴音は、親指と人差し指、中指の三本で茎を摑んで引っ張ってみる。熱く薄い皮に包まれた硬い棒が、指の摩擦でぐるんとうねる。

「いやあね、大きいから出てこないわ」

困った表情を浮かべて唇を喘いでみせる。早く欲しくてたまらないのにもどかしい琴音はペニスを摘むと片方の手でトランクスの窓を開け、切り込みからぐいっと外に引っ張り出した。

耻ずかしいほど硬直したグロテスクな幹が飛び出し、弾みで上下に揺れる。ごぼごぼと血管の浮き立つ肉棒を赤い爪先が慌てて捕らえる。

手のひら全体で太幹をしっかりと摑むと、愛しそうに頰擦りする。

「うっ、あ、あっ！」

菊池が腰から下を震わせ、感嘆の声をあげた。

「そんな、奥さんがこんなことして……」

「だめ？　こんなイイコトしちゃ」

ワインレッドの絨毯に放り出された白いふくらはぎがきゅっと筋肉を縮め、足指が閉じたり開いたりを繰り返す。

琴音の奥が熱く充血し、内から肉がぽってりとめくれじんじん痺れてくる。足指を曲げてむず痒さに耐える。

「あん……素敵」

カールしたやわらかい髪が菊池の下腹をくすぐる。

菊池は思わずその頭を掻き抱き、強く股間に押し付けた。

「待って、今すぐしてあげるから」

琴音がいやいやをして顔を離すと、潤んだ瞳で見上げて微笑む。

西園寺は当分帰ってこない、誰にも邪魔されずに秘密の情交に耽ることが出来る。そう思うだけで、体の芯がきゅっと締まり太腿から下腹部にかけてうっすらとした快感が込み上げて来る。

琴音は金ボタンに指をかけジャケットを肩から落とす。白いブラウスの胸は大きくせり出し、うっすらと黒いブラジャーの線が透けている。

ピンク色の舌先を尖らせ亀頭の丸みをチロチロとくすぐる。じわりと滲み出た先汁と舌の間に透明の糸が伸びる。

「うふ……ん」

琴音は小鼻を膨らませて一息吐くと、握り締めた茎に厚い唇を当てる。深い縦皺の走る唇はまるで露を宿す朝顔のようだ。亀頭によって押し開かれ、花の芯にグロテスクな赤黒い棒を挿し込まれる。

ゆっくり送り込まれるペニスを、喉を鳴らし呑みこんでいく。

極度の興奮で肥大化した棒は喉の壁に突き当たって止まった。根元までしっかりと咥え込んだ琴音は、頬を紅潮させ睫を瞬いてその感触を愉しんでいる。

舌のざらつきが竿の裏筋を根元から先へ、先から根元へ往復で舐る。充血した硬い肉棒の周りに張り付いている薄皮を舌で撫でる。裏筋の蛇腹を広げるように、薄皮の襞を舌が丁寧になぞる。

「う、あ……」

何度も往復する舌がジグザグにうごめく。

菊池がゆっくりと腰を打ち付け、やわらかい髪を掻き上げた。

「うぐぅ、う、う、うふぅ」

柔らかな内頬にペニスが刺さり、愛らしい顔を歪める。

上顎に、喉奥に雄々しい竿がぶち当たり、狭い口中は青臭い匂いで充満する。鼻から匂いを逃がし、こみ上げる吐き気を抑え込む琴音は目尻に涙を浮かべ、なおしゃぶり続ける。

肉棒を吸う唇のうごめきに、先ほどまで身を固くしていた菊池がもっと舐ってくれとばかりに捻じ込んでくる。

「んぐう、ん、ん、むうう！」

トランクスの窓にオレンジ色のグロスが付着するのも構わず、欲望の赴くまま繋がりあう。

細い指はぶらさがる玉袋を転がし爪先で尻穴にかけての筋を掻く。

「う、う、はあっ、琴音さん」

ピリリとした刺激が股座に走り、菊池は思わずアナルを締める。

「んふん……んんっ、むぐう、ううう」

舌を丸めてマラを包み、口全体で根元から先までずっさずっさとしごく。

正直な菊池の腰は堪らずリズミカルに波打ち始める。

早くもそこまで来ているのか、手のひらで包んだふぐりがぐっと上に持ち上がる。口の中の肉樹は一層膨張し、薄皮が張り切って表面がつるりとしている。

薄皮の中の硬い鉄杭と、その上を滑る襞の蛇腹をしごいていたのだが、今はその皮もパンパンに張り、杭と一枚岩と化し発射を待つばかりになる。

琴音は時折菊池の顔を盗み見ながら口をすぼめて吸い上げる。口穴の中が真空状態になりマラを圧迫する。

唇が根元を、舌が茎を、そして喉奥が亀頭を圧し、三点を同時に締め上げる。こみ上げる精を吸い取らんとばかりにヌーディな唇が淫棒を食む。

3

「あふん……ああ、欲しい」

琴音は三方に張り巡らされた鏡を横目で見た。

むっちりと盛り上がった尻を揺らし、左手は竿を握り口中に頬張っている。唾液にまみれて黒光りする竿に、思わず右手を琴音自身の腿に滑り込ませる。

タイトスカートを捲りあげると電球にてかるストッキングに包まれた尻があらわになる。桃の割れ目には黒いパンティがよれて食い込んでいる。

焦れた手がウエストゴムにかかると、ぐいとストッキングを引き摺り下ろす。肌に張り付く化繊を脱ごうと、尻をひねり足をばたつかせる。

「ねえ、欲しい」

唇の隙間から甘いささやきを漏らす。その間も手は忙しなくストッキングを爪先から引き抜いている。

生足になった琴音はふくらはぎを絨緞に投げ出し、膝立ちの己が股間に手を潜り込ませる。黒いレースパンティの船底を赤い爪がきつく押す。指先に伝わる熱い湿り気に、力をこめて円を描く。

鏡に映る淫らな姿に、奥が締まる。

何度この試着室であの巨体にいやらしいことをされたろう。女体を見せ付けられ、嫌がりながらも勃ってしまう乳首や、抗いながらも濡れてしまう秘裂を鏡に映し出され、見ることを強要された。

だが回を重ねるにつれ苦痛が快感へと変わるのに時間はかからなかった。

(大丈夫よ、オーナーは夕方まで帰らないわ……それに亜弓の気にする男性だもの、私がお味見しておかなくちゃ)

西園寺が知ったら、亜弓が気づいたら……禁忌を犯すと思うと、また奥が締まり膣径のイソギンチャクが呼吸するように収縮する。うねる肉襞からとろみ汁が湧き出し、牝孔を締めるとじゅっと熱い汁が溢れ出す。

「あ……ん」

鏡の中の菊池と目が合う。

腿の間の手が黒いパンティの中に潜り込み、手の甲で膨らむパンティがいやらしくうごめいている。今、三角布の中で指が割れ目を弄っている……琴音は大胆にもオナニーを菊池に見せ付け昂ぶろうとしている。

レース仕立てのパンティが手の分だけ前へ引っ張られ尻の縦筋に食い込んでいく。手を動かすほどに生地が減り込み、秘裂から滲み出た牝汁でぬめった尻穴にレースがぺたりと張り付く。

妖しい感触がすぼまりから広がる。

盛り上がったふたつの尻はもどかしげに揺れる。

「うふう、う、ん、むう、むう」

パンティの中の指が勢いよく躍る。と、同時に栗色の髪を乱しマラを咥えた顔を打ちつける。太幹の根元に唇が当たるたび唾液が飛び散り、生臭い匂いが立ちこめる。

「ああん……すごい、すごい硬……太くって大きくって、お口がいっぱいよ……」

息継ぎで話した口から叫びを上げると再び極太を咥え、左手でしごき続ける。

自身の秘部をこする指は一層早く動き、鏡の中の尻は大きくうねる。

「ううん、うふうっ、んんんんん」

口中の竿の突付きに、まるで膣を穿たれているような錯覚に陥る。女陰の奥は淫汁でふやけ、せり出したクリトリスは指に弄られヒリヒリと痛みが走る。

恍惚とした表情の琴音が腰を前後に動かし始めた。

「う、ふう、んっ、んっ、ああん見て……見て、琴音のお指、いやらしいことしてるでしょう？」

艶めかしい喘ぎ声が遠慮なく大きくなる。

ぼやける視界で見上げると、歯を食いしばって耐えている菊池がいる。

菊池が膝を軽く折り、両手を伸ばしてブラウスの上から乳房を摑む。ブラジャーのカップからこぼれた豊乳が指の中で躍る。やわらかな丸みが波打ち、カップの縁に赤い実がひっかかっている。

夢中でしゃぶる琴音の眉間に縦皺が寄り、切なげに唇を尖らす。服の上から弄られているのに豆粒が敏感に感じてしまう。

不器用な手が撫でるように持ち上げる度、コリコリと小気味よい突起が頭をもたげてしまう。小さな突起はみるみる硬く飛び出て白いブラウスを突き上げる。

「あは、あ……はっ、気持ちいいの、もっと、もっとちょうだい……あ、あ、あ、んふう……」

艶かしい喘ぎ声が三畳ほどの試着室に充満する。

肉茎を吸い込んでいた唇から力が抜け、ペニスが飛び出る。唾液にまみれた肉棒に頬を触れながら、手指で茎をやさしく握る。

ブラウスのざらつきが乳首に心地よく、全身に強い快感が走り動けなくなる。

「いや……あ、感じるぅ、お、お豆、感じちゃう、の……」

「こ、ここがいいの？　感じるの？」

「聞いちゃいや……」

「だって」

指先に力を込めて愛らしい赤実を弾く。

「はうう！　そうよお豆が、ああんこんなに硬くしこっちゃった……感じるの、弱いの……

あんっ、もうアソコがぬるぬるよぅ」

「ぬるぬるなの？　どこがそんなに濡れてるの？」

「ああん、いじわるぅ、アソコが、もうお汁でびっちょりなの、ねえ、お指を入れて、菊池さんの太いお指で弄って」

美しい面立ちが痴語を吐く。

「あふっ、気持ちいいの……乳首をしごいて、コリコリしてぇ……もげちゃいそうなくらい摘んで……ああ、いい、いい……」

琴音の右手が速度を増して擦りたてる。内腿が揺れ、パンティの前布が膨らみで盛り上がる。

オナニーを見られる恥ずかしさに指先が酔う。不慣れな菊池にあられもない姿を見せ付けて欲情を煽りたい。

指がぬるりとした秘肉の筋を擦りたてる。水っぽくなった割れ目は滑りがよすぎて勢いで膣口にまで指が潜りそうになる。充血した花弁が厚みを増し、小さな肉芽はぷっつりと勃起してやわらかい粘膜を震わせる。

「イきそうっ、ああ、お豆が、お豆が大きくなってるう！　触って、ほら、私こんなにお豆が……！」

乱れた姿に先汁が漏れる。表面張力では持たないほどの粒が丸く先っぽを飾る。

「琴音さん、なんていやらしいんだ……ああ、僕も、僕も出そうだよっ！」

菊池が琴音の頭を手でぐいと股間にめり込ませると、逃げないように押さえつける。ぽってりとした唇にグロテスクな肉塊が速射する。

「ぐふっ、ぐふっ、ぐうう、ぐほっ」

太い杭が喉奥を塞ぐ。

こみ上げる吐き気と息苦しさに咽び、涙が滲む。

「はあん、くちゅくちゅいってるう……むむう、う、う」

放したペニスを唇が探し、再び喉奥へ呑み込んでゆく。

涙も唾も先汁も入り混じり、口のまわりをべちょべちょに濡らしてしゃぶりつく。

「あああ、で、出そう」

ぐっちゅぐっちゅと破裂音がして、琴音が苦しそうに顔をしかめる。上を向いた鼻先が茂みに潜り込み生臭い匂いが突き抜ける。

小さな口の中で剛直は更に張り、舌のざらつきが裏筋を擦った瞬間カリが羽を開く。

「あああっ、で、出そう！　琴音さん……出る、出るっ！」

鉄杭のごとく熱くなったペニスが喉奥を容赦なく突く。

琴音は両手を菊池の腰に巻きつけ、尻たぼを摑む。

「あっ、あっ、でっ、出る、出る、出るううっ……!」

「いいわ、お口にちょうだい、う、ぐ、んんんん、んっ」

「でも、あ」

菊池が腰を押し付けたまま動きを止めた。

躊躇（ちゅうちょ）する間もなく尿道から熱いスペルマがほとばしる。

「むうう、う」

どろっとした生暖かいゼリーが口中に飛び散る。怒張から吐き出されたザーメンは喉奥にぶつかり撥ね返されて内頬や舌の下に溜まってゆく。

「う、ふ、うん……」

柳眉をしかめ掠れ声で呻くと、口いっぱいに溢れる淫汁を舌が確かめる。渋みと甘みと塩辛さの混ざったゼリーを一気に呑み下す。なんともいえない青臭さが口中に膜を張る。

軽く開けた唇に、菊池がもう一度腹を打ち付ける。

「んぐ、ぐ」

菊池を抱き寄せた琴音の手に尻肉がピクリと振れ、竿先から精が放たれる。

「あ、あ、まだ出るっ」

溜まったザーメンは後から後から尿道を駆け上り、口中に放物線を描く。

グロスがすっかり落ち半開きになった唇の端から、呑み切れなかった白濁液がつーと垂れる。

「あ、ん……しょっぱい」

琴音はワインレッドの絨毯に尻を落とすと、朦朧(もうろう)とした瞳で鏡の中の淫女を見つめた。

第三章　蠱惑のお仕置き

1

「このまえ菊池という男が来たろう」

二階の床をモップで掃いていると、階下から西園寺が顔を出した。

壁の時計は午後七時半を回っている。もうすぐ閉店という一番安らぐ時だけに、突然の問いに亜弓は身を強張らせて直立した。

モップを握る手が汗ばんでくる。

「はい、先日いらして姉が対応してさしあげたと聞いております」

太い眉がぴくりと上がり、斜視の目がぎょろりと見開く。

巨体がのっそりと動き最後の一段を昇る。絨緞に靴先が減り込みゆっくりとした歩調でこちらへ進んでくる。

威圧感が亜弓の喉を締め上げる。

「いつの間に来たのかね、わしが知らぬ間に、か」

「存じ上げません。私もその時はおりませんでしたから」

喉奥がからからに乾き、無理にでも唾を飲み込まないと気道がくっつきそうだった。

何かにつけて菊池との仲を疑う老体は、思い込みで言いがかりをつけてくる。

亜弓は恐ろしくなってモップを握り締めたまま後ずさりする。

窓の外はもう暗く、レースのカーテン越しの空に金星が光っている。美しい夜空も今の亜弓の目には入らない。

「そうか、琴音もあの男と出来ているのか。わしの目を盗んで……亜弓、お前も姉と同じか、姉妹でとっかえひっかえか」

いやらしい妄想が西園寺を焚き付けている。ひとりでに嫉妬の坩堝にはまってゆき、亜弓の言葉などには耳を貸さない。

「ち、違います、そんなこと、どうし……てっ！」

言い終わらぬうちに西園寺が迫り来て亜弓を圧迫した。壁と腹に挟まれた華奢な体が軋む。

西園寺は卑猥な笑みを浮かべ、太い首にぶらさがる赤いネクタイを抜き取った。

その頃、会社を出た菊池は一通の封筒を内ポケットに忍ばせてテーラーに急いだ。それは映画の試写会の招待状だった。

勤務先の百貨店は文化事業に力を入れている。それが功を奏して女性客には評価が高く、固定客や外商客向けに自社主催のイベントを案内するのが常だった。

亜弓とはあの夜以来顔を合わせていない。どんな顔をされるだろうと不安がよぎるが、このチケットを渡す用事で来たといえば会ってくれるかもしれない……。

閉店迄に間に合うよう小走りで裏通りまで辿(たど)り着いた。暗闇の中にレンガ造りの建物が現れ、二階のガラス窓にやわらかな明かりが灯っている。

あの日、あの窓に映ったシルエット……。

菊池は忌まわしい残像を掻き消すように、信号が変わると同時に一目散にテーラーまで走った。

2

「はあ……あぁん、あぁ……」

掠れた息が絶え間なく漏れる。

「う、くぅ、はああ……んんっ」

抑揚をつけた声は小さく朗々と響き、且つ短い叫びをあげる。その鼻にかかった甲高いよがりは女の悦びに震えている。

「う、うん……うふうっ、あはあ……」

三方に鏡が張り巡らされた試着室で、全裸の亜弓は手を頭上に縛られ鏡に背をつけて立たされている。二本の手首を締め上げる赤いネクタイはうっ血した手の色をより深い赤に見せ西園寺を昂奮させる。

バンザイの形に縛り上げられた細い腕が小刻みに揺れる。腕を上げているせいで、たわわな胸が盛り上がり前にせり出している。

無理な姿勢を強いられた恥ずかしさに赤い実が痛々しげに尖る。小さな乳輪がきゅうと寄せ集まり頂に小粒の豆を押し上げる。

淡色だった乳首がしこることで濃い赤紫色に染まる。まるでこれから犯されて女に色づく亜弓の化身を示している。

「ああ、おじさまっ、お許しください」

謝りの言葉を口走りながらも、声は上ずってビブラートを帯びる。

「悪い娘にはお仕置しないといけないない」

部屋に流れるショパンの「別れの曲」が流麗なメロディラインをフォルテで奏でるところで、亜弓の喘ぎも大きくなる。

「はあん、ん、ん、ん、ああっ……」

白い華奢な二本の足の間に毛むくじゃらの太い足が割り入る。剛毛に包まれた足は力をこめて仁王立ちする。

鏡に背を押し付けられた肢体は、胸のボリュームから想像出来ないほど締まったくびれが、むっちりと張り出した尻にかけて滑らかなS字を描いている。緊張でぷるぷると小刻みに震える太腿は肉付きのよさを物語っている。

縛られた両手を上に掲げたまま、亜弓はゆらゆらと陽炎のように揺らぎ、白いふくらはぎを広げてかろうじて立っている。

眉間に皺が寄り、濃い睫が黒目がちな瞳に憂いを落とす。ピンクのグロスにてかる唇が軽く開き厚い下唇が突き出している。

西園寺が正面に立ちあられもない姿をゆっくりと目でなぞる。無骨な指が細い首筋を遠慮なく撫でる。

少し離れた距離から舐めるような視線に犯され、亜弓はたまらず腰をよじる。ちょっとでも縮れ毛を隠したい一心と、そうでもしなければ割れ目の奥の収縮にまっすぐに立っていられないからだ。

赤いネクタイが手首に食い込み締め上げる。ただ腕を頭上に上げているだけなのに、紐で吊られたようにくるくると身がよれる。見えない赤い紐が亜弓を操っている。

ごつい指が首筋から胸の丘陵を這い、丸い乳房を登る。

「は……あ……あ……」

白い果実の頂にしこる赤い実に触れんばかりのそばで乳輪のぐるりをなぞり始める。

「あ……あ……」

亜弓はうっすらと瞼をあけて芋虫のごとき指の様を見下ろす。クコの実は早くも尖りきり痛々しく凝り固まっているというのに、指は乳輪ばかりをなぞり豆に触れはしない。

豊かな乳房に無数の鳥肌が立つ。

「あ、あ、はあ……あ……」

少しでも触れられたなら金きり声をあげてイッてしまうのではないかと思うほど、乳首が飛び出している。だのに、意地悪な指は円を描くばかりで乳首を掠めもしない。

奥がいじいじとし腰が揺れてしまう。焦らされた女体は堪え切れず自ら乳頭を突き出して指の腹に触れさそうとする。

「こんなに尖らせて、感じているんだな」

「はあ……ん、言わないで……あぁ」

乳輪をなぞる指がもう少しで乳首の茎に触れそうになる。遠い刺激が余計にじれったい。

「ああ、硬くなりおって、まだまだだぞ」

西園寺は勿体付けて指を乳輪のやや外周にずらしてなぞる。遠のいた快感に亜弓が胸を反らせて近づける。

「欲しいなら、言ってみなさい」

「…………」

「ならば」

指が動きを止め、熱い肌から離れる。

「あん、い、や……」

「ん？　なんだ」

「いやぁ、おじさま、いやぁ」

こんなにも火をつけられて、今更元に戻れないでいる。潤った秘所に腿と腿をすり合わせて身をよじる。

「いや……し、して」

聞こえない、という風に西園寺が眉を上げる。

「して……おじさま、お指で、弄ってください……」

恥ずかしい告白に耳まで紅に染める。愛らしい唇は淫らな言葉を吐いてわないている。

「ようし、この豆だな、弄って欲しいのは」

亜弓はこくんと小さく頷く（うなず）と、目を閉じた。

太い親指がはちきれんばかりの実の上に標的を絞り、そのままあてがわれた。

「はっ……！」

指の腹が尖りをクリクリと弾く。

「ああああ！　あぁぁ……う、ふうっ……」

西園寺の両掌が丸い乳房を持ち上げるように摑み、指先だけを器用に動かして先っぽの尖りを捏（こ）ね回す。

「ううんっ……はあんっ、あはあ……」

亜弓が瞳をうっすらと開け気づかれぬよう指つきを盗み見る。

自分が犯されているのを確認することでリビドーはさらに高まってゆく。両の乳首は太い親指と人差し指につねられぐいぐいと伸ばされる。

「あんっ、おじさま、そんなにしたら、おっぱいがちぎれちゃうう！」

無表情な指が容赦なく赤い豆を潰し揉みする。もげそうな赤豆は痛みすら快感へと変わり柳腰がグラインドする。

「うっ、うっ、ううぅん、はああ！　とれちゃう、とれちゃうう」

食いしばっていた口元が次第に緩み、表情が苦渋から柔らかいものへと変わってくる。

「亜弓……気持ちいいのか？」

野太い低音が詰問する。指に豆が隠れてはコリッとはじかれて顔を出す。硬くなって弾力のある乳頭がへしゃげては起き上がる。

「はああんっ、ああん、いやっ……」

淫らな姿で辱められ目じりに涙が滲む。それでも乳首を弄られると腰を動かさずにはいられない。

「いいのか？　言いなさい。お豆をいじられて感じるんだろう？」

「ああん、おじさまっ！　言わないで」

「気持ちいいならいいと言わないとダメだろう。お前は豆弄りが大好きな娘だな」

乳首の先を指の腹でするすると撫でる。下から上へと擦りたて、コリッと音がせんばかりにいじくる。

「ううんっ！　いいっ、いいの、お、おじさまぁ……」

刺激が走るたび、亜弓が顎を出し腿の筋肉を張り詰めて体を強張らす。くびれた腰だけがくねくねと儚(はかな)げに前後に揺らぐ。

トランクス一枚になっている西園寺は、目の前で悶(もだ)える白蛇に喜色を浮かべる。

「亜弓言うんだ。どこが気持ちいいんだ？　どこを弄られてお前は感じているんだ？」

西園寺の指が乳首を左右にねじる。強い力に、赤豆が三角錐に伸びてしまう。

「ああんっ！」

「言わないとやめるぞ」

ごつい指が急に動きを止めた。

「あん……いや、いじわるぅ、して……してぇ……」

亜弓は息も絶え絶えに指姦をねだる。

「して、亜弓の……ち、乳首をいじって……」

「乳首を、どんなふうにだ」

「あああ、お、お豆を……クリクリ、捏ね回してください」

「クリクリ……か？」

「はいっ、お指で、お豆をきゅってつまんでぇ……」

「ははは、好きだな亜弓も。そんなにいいのか？　ほれ、ご褒美だ」

西園寺は弄られて痛々しく赤みを増した乳首に齧(かじ)りついた。

「きゃっ」

短い叫びはすぐに溜息に変わってゆく。

「んふう……んん、ん、い……いの、ああんすごく……」

西園寺が片方の乳首にちゅぱちゅぱと音を立てて吸い付いてくる。饅頭に分厚い唇を押し当てるので乳首が一層勃起する。

硬くしこった豆粒の茎から天辺にかけてを、尖らせた舌が転がす。じんじんと痺れた尖りは唾で濡らされ、舌のざらつきに擦られ、痒いところを掻かれる様な快感が走る。

片方の乳首は相変わらず指に捏ねられ根元がちぎれそうに伸びている。

「あんっ、はああっ、おじさま、吸って、こっちのおっぱいも吸ってぇ」

縛られた手がじれったそうに指で空を掻き、身をよじって片方の胸を前にせり出す。指に弄られてばかりでは痛くてたまらない、はやく吸ってもらい唾液の中で泳がせて欲しい……指姦に操られる亜弓は膝を揺すっておねだりする。胸が上下にバウンドし、吸い付く西園寺の鼻先に当たる。

「なんだ、そんなに慌てて。もう男の味を覚えたのか」

西園寺は満足げな笑みを浮かべ歯茎を見せると、鳥肌の立つ丸い乳房全体を舐め回した。唾液のすえた匂いが鼻先を突く。

舌が円を描いて乳輪を舐め、先の尖りをわざと外す。

もどかしくてたまらない亜弓は縛られた両手指を動かし悶えている。ヘソから下の白い腹を西園寺の下腹部にリズミカルに打ち付けてしまう。

「いやん、もっとぉ、お豆をいじって……先っぽ、先っぽを触ってよぅ」

泣きそうな哀願の声を聞きながら、西園寺が淫らな笑みをうかべて乳房から顔を離す。鏡に映る舌先は透明の糸を引いている。

「先っぽを触ったらどうなんだ」

「ああん、おじさま……乳首を弄られたら、亜弓のアソコがじんじんしちゃうの」

「じんじんだけじゃないだろう？　何かでぬるぬるなんじゃないか」

「そう、そうよ、亜弓の中からお汁が出ちゃうの……お豆を引っ張られる度にじゅわって……中から不思議なお汁が出てきちゃうの……」

舐めまわされた乳房は唾液でぬらぬらとし、呼吸のたびにシャンデリアの灯りを反射して妖しい光を放つ。

「ふふん、もう太腿にまで垂らしてるんだろう。亜弓のいやらしい、熱いお汁を」

西園寺の右手が亜弓の茂みを這う。もそもそと動く尺取虫のような指が秘部を覆う縮れ毛の間に沈んでゆく。

「はう、う……」

亜弓はぴくんと背を反らせる。ひんやりとした鏡の冷たさが肩肉に触れる。

西園寺が赤い絨毯の上に尻をつくと亜弓の太腿の間に顔を埋めてきた。右手指は手のひらを上に向けて割れ目を擦り、左手は茂みを掻き分け何かを探している。

左人差し指と中指が女陰のフリルを押し広げ、生々しいピンク色の肉襞を捲り出す。ぐいっと広げられた肉フリルは汁でぬめり艶かしくてかっている。

「ほうら、亜弓、やっぱり濡れているじゃないか」

鏡に背をもたせ掛けた亜弓は腰を前へ突き出し、西園寺が弄りやすいような体位をとる。

「いやあ、おじさま、そんなの見ちゃいや……」

ぽってりと充血した女陰は、恥ずかしさに耐えかねてきゅうと収縮する。ぬるりとした汁が二枚貝の間に擦れて泡を吹き、ピンク色の肉ビラに小さな泡粒が宿っている。

「ここはどうだ」

押し広げられた肉襞の中に小さい肉芽がぷつんと顔を出す。本気汁にぬめる粒にあてがった指が軽くしごきはじめる。

「あ……あ……お、おじさま、そこっ」

左手の二本指が肉ビラを広げ、右手の人差し指が肉芽を擦る。押し広げられた秘所を間近で見られ、亜弓は身悶える。

「あぁぁん……あぁぁん、はあっ、そ、そこっ、ああ、いやっ……」

指で無理やり広げられては快感に収縮する割れ目を隠しようがない。いやと言いつつも体は正直に反応してしまっている。考えるだけで恥ずかしさがこみ上げてまたしてもとろみ汁が奥から溢れてくる。

西園寺が指を固定しているだけで、亜弓は自ら腰を擦り付ける。剝き出しのクリトリスは痛々しく生ピンク色に染まり指先に震えている。

「ううむ、いいだろう」

西園寺は低い声で言うと、右手指をくの字に立て穴の中へ一気に潜り込ませた。

「あうう！」

亜弓は足をがに股に開いたまま天を向いて叫ぶ。

「何故濡れているんだ、こんなに汁を溢れさせおって」

指は何度も抜き差しを繰り返し、その度にぐっちょぐっちょといやらしい音を立てる。勢いよく突っ込まれ華奢な体が小刻みに揺れる。

「はあっ……あ、あ、あ、あ、あっ！」

亜弓は両手を頭上に高く上げたまま腰を振って昂ぶっていく。ネクタイに縛られた手指はうっ血し赤黒く変色しているが、なおも下半身を揺らしおねだりをする。

「中が、中がっ、おじさま、どうにかなりそうっ……」

西園寺の指がせり出した肉芽を擦りつつ穴の中を抉る。二箇所を同時に責められ、立ったままの亜弓は辛そうに体を震わせてすすり泣いている。

「ああぁん、ああん、だめ、だめぇ……」

「ここはなんていうんだ？　この指を突っ込まれている穴は」

「ああん、いやぁ、いやよぉ……」

西園寺の指がスピードを増す。激しく出し入れする太い指の周りには淫汁がこびりついて妖しく光る。豊満な胸が上下にバウンドし、ポニーテールが弾んでいる。

「悪い娘だ。言わないとやめるぞ」

またもや西園寺は指の動きを止めた。クリトリスを擦っていた指も宙に浮かしている。

「ああっ、いやぁ、してぇ、してぇぇ！」

むずかる子供のように腰を振って指を欲しがる。

「じゃあ、いうんだ」

「……あ、亜弓のアソコに」

頬が一層紅潮し赤い唇が何度も開いては噤む。卑猥な言葉を求められ躊躇いと昂奮が喉奥を狭くする。

「アソコじゃ分からん」

「亜弓の、オ、オ、オマンコに、してぇ……」

「オマンコだと？　どこで知ったんだそんな下品な言葉。とんだ小娘だな」

西園寺は鼻でせせら笑うと、左手で腰を固定し、右手の中指で穴を穿ち親指でクリトリスを擦り始めた。

「あ、あ、あ、いいのっ、おじさまぁ……気持ちいいの！　私、そこが、そこがいいのぅう」

甘ったるい声が揺さぶられながらしゃくりあげる。

指は膣径の中ほどのヘソ側をノックする。熱い肉が巻きつく中、そこだけペコンと空間のあくドーム天井がある。少しざらつく天井を指で押し込むと、亜弓が裏返った声で泣きじゃくる。

「あはあ、あん、んんんっ、はあっ、変な感じ、おじさま、そこ押しちゃ、あああ」

Gスポットを的中され下腹部が浮遊感に包まれる。指が押す度おしっこを漏らしてしまいそうになる。

「おうっ、感じてるんだな、穴の口が締め付けるぞ、指が挿れにくいじゃないか」

穴の口がせばまり太い指を締め付ける。ヴァギナの襞がうねりながら指に吸い付き、奥へ奥へと吸い上げる。

太く節くれだった指はそれだけで小ぶりのペニスのようで、狭い膣径が破れそうになる。

「おお、亜弓、締め付けてるぞ、穴がきつくなってきている……」

西園寺もまた自らの指を肉幹のようになぞらえ感じているようだった。自由を奪われながらもざらついた天井を穿ち失禁を待ち望んでいる。

「ううんっ、はあっ、そこ、だめえ」

うつむいた亜弓がはずかしそうに小声で訴える。

「どんな感じだ」

「おしっこ、出そう……や、いや」

「もっと吸いつけよ、イソギンチャクみたいに俺の指に絡み付いてみろ」

「ああん、イ、イきそう……」

「イけるか？」

まだ経験の浅い亜弓には絶頂というものがよくわからなかった。小さな波が訪れ、次第に大きくなりビリビリと痺れと痙攣ともつかぬ電気が太腿から背中に駆け抜ける……これが、アクメというものだろうか……。

「はい、イ、イきそうです、あ、あ、あ」

絶頂に近いと悟った西園寺の指が跳ねる。

「はあん、だ、だめ、イっちゃう！……」

手首を縛る赤いネクタイを指が絡め取る。下半身に這い上るいじいじとした快感に、爪先が白くなるほど力をこめて紐を摑む。

「おお、締めつけるぞ、中がうねって吸い付いてくる！」

太腿を痙攣させはじめた亜弓の下で、西園寺は指を激しく出し入れしたかと思うと急に音を立てて抜いた。

「あんっ、いやあっ！」

亜弓の腰がすとんと落ち、膝を震わせて巨体にもたれかかる。

「まだだめだ。俺のを咥えてからだ」

西園寺が亜弓のウエストを持って体をくるりと回す。鏡の真正面に向けられた裸体は、縛られたままの両手を鏡面について尻を突き出した。

「いくぞ」

「は、はい……」

涼やかに平静を装っても声が裏返ってしまう。今から行われることを予期して、恐怖と悦びに打ち震えている。

西園寺が足を肩幅ほどに広げて立ち右手にしっかりと茎を持つと、亜弓の白く盛り上がった尻の割れ目めがけて沈めてきた。

濡れそぼる女孔の口に亀頭が触れる。

「あ、あ」

亜弓は尻を高々と持ち上げ穴のありかを示そうと爪先立ちをする。西園寺が前から手を伸ばし桃の縦筋をかっぽりと割る。淡いピンクのすぼまりが顔を出し、本気汁の滴りでぬめらかに光っている。

尻穴を見られていることも気づかずに腰を上げて肉杭を待っている。早く欲しくて堪らない……充分火照った女体は止めることが出来ない。

その時、うっすらあけた瞳で鏡の中を見つめた亜弓は息を止めた。

そこに菊池の目があった。

赤い帳をほんの少し開け片目だけで覗いている。

セックスの最中を見られ亜弓は狼狽した。いつからいたのだろう、どんないやらしい姿を見られただろう、どんな下品な言葉を聞かれただろう……思うほど膣口が引き締まり、つんつんと突く亀頭の丸みを撥ね返す。

だがもはやどうすることも出来ない、それよりも早く茎を突っ込んで欲しくて堪らない、卑しい牝穴の疼きが控えめなはずの亜弓を狂わせる。

亜弓の切ない流し目と血走った菊池の目。お互いに視線を外すことなく鏡の中を見つめ続けた。

西園寺が腰を落とし、牝穴の位置を確かめて肉塊を突き立てる。赤黒くごぼごぼと血管の浮き立った幹が先汁を垂らしながら軟らかな肉裂を探っている。巨体が振り子のように二、三度腰を前へ振ったかと思うと、ペニスが軽く刺さった。

「はっ、入るぅっ！　おじさまっ、太いのが、入るわ、ああ、入るぅ！」

「挿れるぞ」

甲高い叫びとともに、ずぷり、と太い幹が滑り込んでいった。

「あはあっ！」

太い幹が狭い筒を裂くように押し入り、しっかりと根元まで挿入される。

突っ込まれて前のめりになり鏡を押す亜弓の手指が白くなる。ネクタイで縛られ自由を奪われたうえ菊池に覗き見されて、凌辱の極致で全身をピンクに染める。

菊池の視線を知らない西園寺は、奥までねじ込んだグロテスクな棒を穴の口まで引いてはまた一気に子宮まで挿し込む。

「ううううんっ！」

亜弓の肢体が軋むようにしなる。太い肉棒で陰部を裂かんばかりに突かれ、甲高いよがりを漏らす。

「あたるぞ、子宮にあたっているぞ、亜弓。お前の子宮は感じたら中からせり出してくるんだ。どうだ、俺の棒が突いて痛むだろう」

「ああっ！　ああんっ、あっ、あっ、あっ、すごいっ、中が、中が壊れちゃうううっ！」

痛み以上に快感が勝り、眉間に皺を寄せながらも腰を揺らして奥へ奥へと竿を送り込もうとよがる。

西園寺の手が白い尻を抱きかかえ後ろから深く挿し込む。やがて出し入れのスピードは増し、パンパンと乾いた音が響き渡る。

「あんっ、あんっ、あああ」

その音に切ない叫びが重なる。

細い体は突っ込まれるたびに前のめりになり、鏡についた手のひらがずるずると下にずれ、五本指の跡が鏡面に縦線を引く。

「はあっ、はあっ、あん、あん、あん……」

亜弓は朦朧としながらも首を上げ、鏡の中の菊池を見つめた。

菊池が帳の陰で手の中の竿をしごきたてるのを見逃さなかった。

「はあ、ああ、あ、あ、あ」

亜弓の恍惚とした表情が、もうすぐアクメに近いことを告げていた。愛らしい唇をわななかせ、浅い息をさかんにする。

「おおっ、亜弓、締まるぞ。どうしたんだ、き、きつい……お前の奥が締め付けるぞ」

西園寺は白い柳腰を抱えながら吠えた。巨体が速射を食らわせ、亜弓のウエストが折れんばかりに軋む。

「うんっ、うんっ、感じるう、中がいいのっ、おじさま、中を、中を突きまわしてぇぇ……ん、ん、ん、ん、ん」

亜弓の太腿が痙攣し足は爪先立ちし、踵が床から上がる。

「おう、おう、すごいぞ」

「はあ、ん、あ、あ、イく、イく、亜弓のオマンコ、イ、イ、イっちゃうぅ！」

「だめだっ、まだ中を掻き回してからだ！」

菊池は亜弓の痴語に肉棒を膨らませ激しく擦りたてた。玉袋が上へ上がり、カリが傘を開き熱いとろみがすぐそこまできていた。

肉と肉のぶつかり合う音が響く。亜弓の美しい顔が歪み、速射にがくがくと顎先が揺れる。

「あ、あ、あ、あ、あっ！　お、お、おじさまっ、イく、イく、イぐっ！」

「俺も、出るぞ、出るぞ」

「ああ、中に、亜弓の中にくださいっ！　おじさまの熱いの、オマンコの中にいっぱいかけて」

「おうっ、出る、出る、で……う、う、う」

西園寺は最後に下から掬うように深く腰を突き上げると動きを止めた。

亜弓は鏡に額をつけたまま小鹿のように細い足首を震わせ、肩で息をしてかろうじて立っている。

菊池は尻肉を盛り上がらせて、手の中に生温かい白濁液を放出した。鷲摑みにしたティッシュはどろりとした液にまみれ紙の隙間から手指に溢れ出している。

「……あ、あ、ん……おじさま、中が、中が、熱い……」

亜弓は汗だくの上体をゆるりと起こし、首をねじって背後の西園寺をかえりみた。その肩越しにはカーテンの隙間の菊池がいる。

「うふ、うんん……」

小鼻を膨らませてけだるそうに息を吐く。

「……抜くぞ」

掠れた低い声が短く呟く。

「いやよ、まだ、まだ抜かないで、だめえ、亜弓の穴から漏れちゃうわ」

「ううむ、まだ欲しいのか、欲張りな娘だな」

「だって、だって……まだ、アソコが感じてるの……」

西園寺は卑猥な笑みを浮かべ、

「だめだ、抜くぞ」

と冷たく言うと汗だくの白い背中に手を置き、ティッシュもあてずにそのまま茎を一気に引き抜いた。

「はああ！」

膣壁を掻くグロテスクな肉塊が水っぽい音とともに外に飛び出た。湯気が上がらんばかりに赤黒く変色している。竿の先は勢いよくぷるんと上下に揺れ、深紅の絨毯の上に乳白色の汁がぽたぽたと飛び散る。

太い肉幹の形のままぽっかりと開いた牝穴から、白い生臭い液がどろりと伝う。

「お漏らししたね、亜弓」

「いやぁ、おじさま、意地悪」

亜弓は栓を抜かれた穴をひくつかせながら、ずるずると鏡に指の跡をつけ床に崩れ落ちる。絨毯に膝をつくと尻を高々と上げ、上体は突っ伏して肩で息をしている。

牝穴から零れ出る白いスペルマを、西園寺の指が掬う。

「あ、ふう！」

秘裂の縦筋をなぞられて叫びを上げる亜弓の唇に、西園寺の指が精を塗りたくる。

「んふ……んふ、あ、あ、おいしい……今日は少ししょっぱいわ」

赤い舌が唇の周りの白濁液を舐め、喉を鳴らして呑み込んだ。

「ああん、おじさまぁ……」

「なんだ、もっと塗って欲しいのか？　俺の精液がいいんだろう」

「ねえ……おじさま、今度はお口に、お口にくださいい」

菊池に見られているという思いと見せ付けたいという思いが交錯して、思いがけない卑猥な要求が口をついて出る。晩生(おくて)だった亜弓が一気に性に開花した。

「今イったのに、まだ欲しいのか……まったくスケベな女だ」

西園寺は乱れたポニーテールの髪を摑むと、強引に顔を上げさせ、放り出したままの肉棒を愛らしい半開きの唇の中にねじ込んでいく。

赤い唇が貝肉のようにうねうねとうごめき、グロテスクな茎を頬を染めて呑み込んでゆく。

清楚なはずの亜弓が自ら竿にしゃぶりつくのを目(ま)の当たりにした菊池は、いたたまれない気持ちになった。まだ硬さの残る竿をズボンにしまうとショウケースの上に封筒を置き静かに階段を駆け下りた。

第四章　吐息のスクリーン

1

女性客の化粧の匂いに満ちる場内。

今日は百貨店の八階にあるホールで映画の試写会が催される。指定席だというのに開場前から招待客が列を作っている。

「お待たせしました、ご入場ください」

係員の声に人波がゆっくりと進みはじめる。

普段は軽い室内管弦楽やトークショーを行うホールのまん前にスクリーンを天井から下げて映画館風に仕立ててある。弱い間接照明の中、ざわざわと席が埋まる。

やがて場内が埋まり照明が落とされ雰囲気を盛り上げるためにショパンのピアノ曲が流れる。今日の映画はショパンの生涯を描いたものでもある。

話し声が止み、映画のタイトルや主催趣旨の説明アナウンスが流れる頃、後ろのドアが開き華奢なシルエットが浮かび上がった。

白いフレアワンピース姿の可憐な亜弓が女性スタッフにペンライトで足元を照らしてもらいながら最前列に座った。

すっきり通った鼻筋をスクリーンに向ける。遅れてきた亜弓は呼吸を整えるように睫を瞬かせて、映し出される文字を追っている。

ショパンの生涯を描いた映画だけに全編にわたり流麗なクラシックが流れ、当時のドレスや舞踏会のシーンが次々と現れ試写室の女性たちをうっとりとさせる。


菊池に情事を盗み見られたあと、ショウケースに置かれていた招待券を手に亜弓は悩んだ。こんな淫らな姿を知られては合わせる顔もない。だが、せっかくの好意を無にするのも申し訳ない。それにショパンは大好きでこの映画も封切りになったら一番に観に行こうと思っていた作品だった。

試写会場で遭遇することもあるまい、でも……ぎりぎりまで思いあぐね、開演時間を少し過ぎてしまったのだ。

はじまって二〇分ほどがたち、誰もが画面に釘付けになるか一部は居眠りに入る頃、ひとつ空いていた亜弓の隣にスーツ姿の男性が陣取った。

隣で動いた影に、亜弓がちら、と一瞥（いちべつ）をくれる。

うつむきがちに姿勢を低くしていた男性は静かに横顔を見せると、亜弓に微笑みかけた。

「え……」

涼やかな声が小さく息を呑む。

「お久しぶりです」

菊池が唇に人差し指を一本立てると、静かにするよう合図した。

「き、菊池さん？」

亜弓はこの前の淫らな姿を見られたことが気になって目を合わせられない。それどころか一言いったきりスクリーンのほうをじっと見つめ菊池を振り向くことすら出来ないでいる。

緊張で身を強張らせたまま動けないでいる。

暗闇に白いスカートが浮かぶ。裾の下に白い腿がむっちりと顔を出し、ストッキングを穿いていない生足はミュールの上にちょこんと揃えられている。

菊池の視線を感じた太腿を小さく擦り合わす。スクリーンを凝視したままの亜弓は、膝にのせた指先でスカートの裾を直そうとする。ふわり、と膝がかくれ、その下で腿をずらし強張りを解いている。

「うふぅ……」

息だけが漏れて小さな声になった。ストーリーなど頭に入ってこない。スカートの中の内腿はじっとりと汗ばみ熱気で蒸れてしまっている。

幼さの残る初心な横顔は辱めに上気し、瞳は濡れて暗闇でもきらりと光る。銀幕を眺めてはいるが、その潤みはストーリーのせいではない。

菊池が薄いスカートの裾に指先を伸ばす。小指が触れた衣は軽やかに持ち上がり、滑りがいい化繊のため、すぐにも手が滑り込んできそうになる。

まるで蝶の羽のようなスカートがそろそろと持ち上げられ、忍び込んだ手がそっと腿肉の上にのる。

亜弓は腿を強張らせると小刻みに震えながら、椅子の上で菊池とは反対側へ身を預けるようによじった。

大胆な指がじりじりと這い登る。その触れるか触れないかの感触が、かえってむっちりとした内腿に鳥肌を立たせる。さわさわと表面をそよぐように這う手のひらが緊張に震える足の内側へ辿り着くと、意を決したようにねじ込んで来た。

亜弓が驚いて息を呑み腿をきつく閉じ合わせたので、菊池の手が挟まる。

「や……」

艶やかな唇が軽く開いて何かを言おうと開くが言葉にならない。他の観客に悟られまいと端正な顔は頑なにスクリーンを向いているが、意識はスカートの奥に集中せずにいられない。

亜弓の手が腿の谷間に潜む菊池の手をスカートの上から押さえる。これ以上の悪戯を制するために力を込めて握るのだが、発情した男の力には逆らえない。

（やめて……何するの）

凌辱の手が腿の間に沈んでゆく。熱い湿りを気取られそうで亜弓は必死で股を閉じる。蒸れた内腿の中ほどまで進むと、菊池は侵入を止め、指先だけを器用に動かしてくる。五本の指が何かを掻くように腿肉の間でうごめく。

中指がパンティ越しの秘部にあたり、人差し指と薬指が両脇の肉ビラに触れてくる。

「あ……」

亜弓が甲高い息を漏らす。

今日に限ってストッキングを穿いてこなかったことを悔いた。無防備な足は鳥肌を立たせている。このまま奥にこられては、パンティの船底に触れられてしまう。

焦りと恥じらいが同時に亜弓を襲う。

スカートの上から手を押さえると、かえって菊池の指を奥に押し込んでしまう。止めてくれと言うのではなく、まるでここに触って、とおねだりしているように受け止められないか困惑する。

「あ、ん、はあっ……」

艶めかしい声がショパンのピアノに消される。メロディが幸いし誰にも気づかれていない。『革命』の旋律に合わせ指の動きも激しさを増す。

（ああ、いや……そこは、そこは……）

菊池の中指が布の上から女陰の筋目に沿い下から上へとなぞる。秘裂の奥からは早くも汁が溢れ出しパンティの底がしっとりと濡れはじめ、指先で押すと、じゅっ、と中から滲み出そうなほどに蒸れている。

縦筋をなぞり終えると、中指は割れ目をぐいぐいと押して、肉ビラに埋もれた小さなしこりを見つけ出そうとする。

折りたたまれた二枚貝に埋もれた粒は布越しにもぷっつりと触れるほど硬くしこっている。菊池の指はせり出したクリトリスを円を描くようにゆっくりと捏ね始めた。

擦りたてられる亜弓の内腿から次第に力が抜けてゆく。

指に犯される辱めを受けながらも、どうしようもない気持ちよさに足を広げてしまう。口では嫌と拒みながら、体は正直に快感を求めている。

（ああ、私ったら……だめなのに……）

亜弓が腰を浅く掛け上体をずらした。太腿と太腿の間が緩まり中の手が自由に動けるようになる。

（ああ、映画館で、今、アソコを弄られてるの……）

周りを気にしながらも勝手に揺らいでしまう自分の下半身を恨んだ。

邪悪な指は隙間のできた股座でパンティのゴムをひっかけて、中に潜り込んでくる。

2

もしゃもしゃとした陰毛が掻き分けられ、すぐに柔らかい肉襞に指が触れる。

「あんんっ……！」

じかに指を捻じ込まれ、さすがに亜弓は顔を歪めた。

ぬめらかな肉のフリルを指が捲る。亜弓の呼吸に合わせて、秘裂が収縮し中指を包み込んでいく。生々しいピンク色の襞が別の生き物のようにうごめき悦びに震えながら愛液を滴らす。

中指に続き人差し指も潜り込む。二本の太い指がパンティの前を膨らませる。

亜弓は思わず腰を上げ、前に突き出す格好で指を迎え入れてしまう。

二本の指は水をえた魚のように濡れた肉ビラを掻き分け、谷間に埋もれる真珠粒を掘り当てた。

遠慮がちな小指の先ほどもない肉芽を中指の腹が軽く撫でる。

「う、う、うんっ……」

亜弓のよがりが暗闇に響く。

その声に後押しされた中指が激しさを増す。秘豆から縦筋に指を沿わせ蜜壺に指をあてがい、牝孔に溜まった汁を掻き出す。温かい汁を肉襞に塗りたくり潤滑油にしてはまた肉芽の薄皮を乱暴に撫ぜる。

ピンクの剝き豆が摩擦され薄皮がヒリヒリする。

「ああん……や、いや……」

声にならない声で抵抗を試みるも、菊池の侵入を制していた手は膝から落ちシートの縁を摑んでいる。押し寄せる恥辱と快感に指先が白くなるほど力を込めている。

自由になった菊池の指は湿潤地を泳ぎ、ぴちゃぴちゃと涼しげな音を立てている。

「……ここ、いいの？」

くぐもった声が耳元に囁（ささや）いた。

「や……何故……」

亜弓の視界に後部席の女性の怪訝そうな顔が入る。小刻みな体の揺れを不審に思われたのでは、と顔から火が出そうになる。

何故、菊池がこんなことをするのか、朦朧とした頭に理解できずにいる。

映画館にはよく痴漢が出没する。ましてやこのイベントは女性客が大半をしめている。その中に背広の男が一人混じっていること自体目に付く。上司に見つかったら、社員が客に混じり招待映画を観覧するなどもってのほかだと叱責されるだろうに。

そんな危険を冒してまでも触れる意味が分からない。西園寺との秘め事を見られたからだろうか……試着室で縛られた痛みが手首に甦る。

「ううんん、はあっ、ああ……」

女陰に潜る指先が力を増す。

「ん、ん、ん、んんっ」

ぷつんとふくれ上がった豆粒に当てた指が、ぬるぬると勢いよく滑る。

亜弓はいけないと知りつつも腰を小さく前後に振って指の動きに合わせてグラインドさせる。

上気して目を細める愛らしい顔が小鼻を膨らませて喘いでいる。

指は勢いを増し、女の一番感じる秘所を責め立てた。

「あ、あ、あ」

つややかなグロスに彩られた唇が金魚のようにぱくぱくと喘ぐ。顎を突き出して背を仰け反らせ、股間をぐいっと前へせり出す体位をとった亜弓は、もはや押し寄せる快感の波に呑まれる覚悟をしていた。

早くしなければ、後ろの女性に気づかれる。

亜弓も菊池もともに焦っていた。

(早く、あん……早くう)

焦りにも似た強迫観念で、菊池の中指が素早くパンティの上を掻き毟る。

暗いホールの中で、ふたつの影が小刻みに揺れる。

スクリーンのショパンは瞳を閉じて『別れの曲』を弾いている。甘く切ない旋律が徐々に激しく昂ぶり音量が増してくる。

この曲は西園寺に手を縛られて果てたときのもの……淫らな映像がフラッシュバックして割れ目を一層熱くさせる。

「はっ、はっ、あ、あ、あ」

亜弓が腰から下だけを器用に突き動かし指の腹に擦り付ける。クリトリスは生剥けになり、菊池の指先に摩擦され震えている。

手の自由を奪われ赤いネクタイで縛られたあの日、そして今試写会という人ごみの中で下半身を弄られている……流麗なピアノ曲がリビドーを突き上げる。

太腿を大きく開く。ふくらはぎにかけて筋肉が硬直し、呼吸が浅く短くなり、全身が強張りミュールの足先が床を蹴る。

「イって、亜弓さん、イって」

菊池が耳元に囁いた。

クレッシェンドで段々と音が強くなり、フォルテに達する最高潮のメロディを奏でた瞬間、亜弓はシートから腰を浮かせて全身を痙攣させた。

「んんんんんっ！」

アクメの叫びを押し殺そうとして、菊池の首に唇を押し当てる。

「う、う……」

間近で亜弓の絶頂の声を聞き、菊池の竿は不本意にも指さえ触れずにひとりでに発射してしまった。

スクリーンは憂いをたたえたショパンの横顔を映し出している。

「私……」

亜弓の紅潮した頬にひとすじの涙が伝った。

菊池は突然のことに驚いたのか、慌てて指を抜こうとしたが、すぐさま亜弓の膝がきゅっと閉じ、指を離さない。

潤んだ瞳が菊池を見上げる。上目遣いの瞳はぞくっとするほど深い色を湛え、まるでもっと指姦をしてくれと欲してさえいるように濡れている。

「ふう……ぅ……ん」

艶めかしい溜息を洩らすと、風船がしぼむようにそれにつれてゆっくりと力も抜けてゆく。

まだ痙攣が残っていた太腿は時間とともに膝を緩め、淫(みだ)らな指がふやける頃ようやく解放した。

第五章　戯れの試着室

1

「いいお天気ね」

いつものように西園寺が名画座に出かけ、テーラーに一人残された琴音は、手に布巾を持ったまま所在なさげに窓の外を眺めていた。

街は落ち着いた青い空に包まれ、午後の強い日差しが湧き立つ雲の隙間から歩道を照らしている。流れる空気も暑さでけだるく、通りを見下ろしているとまるでフランス映画のワンシーンのような気分になる。

「今日は何の映画かしら」

出かけた西園寺のことを考えつつ頭の隅には亜弓が浮かんでいた。先日試写会に行ったものの感想を聞いていない。いつもならどんなことも嬉々(きき)としてメールを寄こすので不思議でならなかった。

何かあったのだろうか、それに……あの試写会は菊池の勤務先が主催していたものだ。琴音は騒ぐ胸中に嫉妬の念が湧き起こるのを禁じえなかった。

「ううん、まさか……」

亜弓がどこかで菊池と接触した可能性を振り切ろうと、手にした布巾で窓拭きに専念する。考えれば考えるほどいやらしい妄想が膨らみ琴音を苦しめる。

初心な亜弓が世間慣れするのは姉として好ましいこと、でもそれが菊池とあれば……がっしりとした背、厚い胸板、そして雄々しい肉樹を思い出し琴音は一人取り乱す。

「あら」

足元においた黒いエナメルバッグから着信音がした。携帯電話を取り出すと、メールが届いている。タイミングの良さに驚いていると、それは夫、隆一からのものだった。

「何かしら」

めったにメールなどよこさない夫が昼日中に送って来たことが不思議だった。ひらくとそこには、今夜は早く帰ると書いてある。珍しいこともあるものだ、と小首を傾げながら隆一の横顔を思い浮かべる。

ふたつ年上の隆一は建設会社に勤めている。広い額に節くれだった鼻。縁なし眼鏡が神経質そうな顔を一層厳しくみせ、いかにもエンジニアといった感じだ。家にいても無口で、どちらかといえば冷たい印象を与える。

やや瘠せ型の長身が玄関先で、行ってくる、と手をあげる。朝の出がけの光景はいつもと変わりなかった。

「気まぐれかしら、ね」

琴音は携帯を閉じるとバッグに滑り込ませた。

大きな窓はもう充分きれいに磨かれて、ショウケースもつやつやかに仕上がっている。何か邪念を捨て無心に体を動かせる対象はないだろうかと部屋を見渡した時、ふと、目の前の大きな鏡が視界に入った。

「そうだわ、鏡も磨きましょ」

一人呟くと、ヒールを脱ぎ捨て試着室の赤い絨毯に歩を進めた。

全身が映る大きな鏡面は、冷たく鮮やかに被写体を浮き彫りにする。

右手の布巾を指先に握り締め鏡を撫でてみる。そこには憂いを含んだ熟女がひとり、物欲しげに佇んでいる。深いオレンジベージュに彩られた肉厚の唇がぽってりと開く。

布巾を置き制服姿の自分を眺めてみる。この試着室で菊池と戯れた甘美な思い出が甦る。

紺スーツの下の鮮やかな白ブラウスが引き攣れ、ふくよかな胸の膨らみを想起させる。

赤いマニキュアに飾られた指が静かにスーツの下に忍び込む。

「あ……ん」

丸みを摑んだ手が乳房を持ち上げる。

鏡の中の女はうっとりと声を漏らす。

階下から階段を上ってくる足音すら耳には届かない。


「んふう……んん、ふうう」

厚いカーテンを閉め切った中で、密かな悦びの吐息が漏れる。

切なげな息が途中で詰まり且つ吐き出したりと、波のように寄せては返しを繰り返す。

「あ、はぁ、私ったら……」

三方に鏡を張り巡らせた試着室の絨毯に尻をつき、上着を落とす。ブラウスの前ボタンをもどかしげに外し黒いブラジャーの中から形のよいふたつの乳房を取り出した。

軟らかそうな丸みがひしめき、頂の薄紅色の乳輪が饅頭を染める食紅のように、ちょん、と描かれている。

「あ、あ、やだ、こんなに」

両手で持ち上げる乳房は手の中で重そうに歪み、赤い粒は早くも硬くしこってくる。その尖り様に恥じる琴音は思わず鏡から視線を外した。

鳥肌の立つ乳房を支え、親指でそっと尖りに触れる。ピリリと鋭い快感が乳頭から背筋に駆け抜ける。

「は……んんん」

眉間に美しい皺を寄せながら唇を突き出して耐える。親指はリズミカルに赤豆をクリクリ転がして止まない。

腰が勝手に揺らいでしまう。乳首を弄っていると何故だか下半身が熱く充血し、動かさずにはおれない。

親指は執拗に豆粒のてっぺんを指の腹でさすり、時に強く押し込んではまた擦る。

卑猥な腰つきでダンスを踊る琴音は、紺のタイトスカートを尻まで捲り上げ、ストッキングをあわただしく脱ぎ捨てる。

ボリュームのある肢体は服の中から窮屈そうにはみ出し、素肌をさらした腿や胸は気持ちよさそうに伸び伸びとする。

快感が太腿を這い上り立っていられない。

琴音は静かに寝そべると両腿を開き鏡の中に秘部を映し出す。丸い尻は赤い絨毯に沈み込み、ブラジャーのカップから乳房がぷるんとこぼれ出ている。

右手は腿の谷間に這い、左手は乳房を持ち上げて親指と人差し指で淡色の乳首をつまんでいる。

頰は薔薇色に紅潮し、長い睫がせわしなく瞬いている。

(ここで、菊池君と……そう、いやらしいことしたの、すごくいやらしいこと)

淫らな情景を思い起こし、誰もいないのをいいことによがり声を漏らす。小さな部屋は熱気に包まれ、淫らな息遣いは緞帳に吸い込まれる。

「う、うんっ、ああん、して、もっと、もっとぉ」

自分の声を耳から聞くことで余計に昂ぶってゆく。こんなにも卑しい女なのだと自分に思い知らせることで膣奥がひくつき牝汁を滾々と湧かす。

砂漠に湧き出る泉のように、細い亀裂から汁が溢れ内腿をじっとりと濡らし広がってゆく。

黒いレースのパンティに手を潜り込ませる。手の甲で盛り上がった前布が小刻みに揺れる。

「あん、あん、気持ちいい、そこよっ」

折りたたまれた肉ビラを捲り、ぬるりと汁にまみれる肉芽を擦る。パンティの前布が邪魔して手が自由に動かせない。焦れた琴音は尻を持ち上げパンティを引き摺り下ろす。

「んふぅ……ああ、んんっ……」

腰が浮き鏡にあけすけな陰部が映る。白い指が黒々としたちぢれ毛を割って、その谷間の鮮明なピンク色の肉ビラをあらわにする。

首を起こし、卑猥な姿を見ようと顎をひく。

ぬめって光る内臓のような肉ビラが細い指に両側へと押しやられてくにゅりとたたまれる。人差し指と薬指で開いた陰唇の中から、さらに生々しいピンク色の丘が盛り上がっている。そこには美しい姫粒がぷっつりと顔を出している。

赤い爪の中指を立て、その可憐な姫粒を上から下へ、下から上へと、往復で何度も擦っていく。

「ふうっ……んんんっ、ああ……」

鏡の中の尻は軽く持ち上がり前へと突き出され、もう少しで鏡面にくっつきそうなぐらいそばにまでグラインドさせる。じっとその姿勢を保っていると、割れ目の熱気で鏡が曇ってきた。

（やだ……アソコの湿り気でガラスが曇っちゃう……）

左手指の中の乳首は見る見る内に硬く尖り、白い饅頭のような乳房の先っぽを赤黒く彩る。あれほど淡い薄紅色だった乳頭が、硬くなると凝縮されてこんなにも濃い色に変化することに驚きながら琴音は指に弄られる赤豆を見続けた。

親指と中指でつままれた赤豆はクイクイと左右に回され、時々強く挟んでは力を抜かれて解放される。

手のひらに余るほどの豊乳をカップから放り出し、揉んでみる。背後から男の手で揉みしだかれるのを想像し、ブラを剝いでゆく。

乳首の茎を摘んだとき一層きつい快感が走り、突端よりも根元の軸をつまみ回ししては腰を浮かせて声を漏らす。

「はあんっ、あ、あ、あぅん！……」

指が強弱をつけるのに合わせ、喘ぎ声も長く伸びたり短い叫びになる。

白い巨乳を手のひらで絞ると先っぽの豆粒が痛々しいほどに尖り出る。琴音は乳房を鷲掴みにして持ち上げると、思い切り舌を伸ばす。舌の付け根が千切れるほどうんと伸ばすと、震える舌先が微かに突起に触れた。琴音は狂ったように喘ぎながら乳首を唾でぬめらせる。

「うふう、う、う、ん……」

本当は舐って欲しくて堪らない。飢えた赤子がおっぱいを食むように、唇にきつく挟まれ吸い上げられて、へしゃげるほどにしゃぶりつかれたい……じれったさで乳首の茎が痒くなる。

指に開かれた肉ビラが乾燥してくると、琴音の指は汁を垂らす淫穴に這い窪みに溜まった蜜を掻き出す。折りたたまれた肉ビラの間に露を塗りたくりながら、乾いたクリトリスを潤し、またしごく。

淫肉と指の間に細い糸が引く。ぴちゃぴちゃと冷たい音をたて、割れ目に触れては離しを繰り返す。

何度も指で秘裂を摩(さす)るうち、琴音は太腿を伸ばし大の字になり全身を強張らせた。赤い絨緞から腰が浮き、汗ばんだ背中に空気が流れ込む。

飛び出た乳首を弄くる指が荒々しく豆を転がす。

「ああ……はあっ、あ、あ、あ」

途切れがちな声が浅い息に重なる。

鏡の中に見入る琴音は、緞帳の揺れに気づかぬまま性戯に溺れていく。

もうすぐアクメに達してしまうのだろうか……試着室の閉じられたカーテンの隙間から覗く菊池は、息を潜めて自身の茎が暴発しそうになるのをこらえつつもしごくのを止められない。

内ポケットでは琴音に渡そうと持参した外商セールの案内状が、腕の動きに合わせてカサカサと音をたてている。

このままズボンの中に出してしまったらこの前と同じになる。惨めな上に股座が濡れて大変困った、ここで竿を抜き出しティッシュの中に放出するのも躊躇われる。だが我慢するのはもはや無理だった……出来ることなら達そうとしている琴音と交わりたい……。

全身を開き今にも達しそうな琴音に、カーテンを握る手が震えた。

「あっ……」

力みすぎた菊池の手で赤いカーテンが大きく揺れ、密室に昼の光が差し込んだ。

2

「えっ……」

琴音が恥ずかしそうに顔を赤らめて鏡に映る菊池を見た。

「こ、琴音さん……」

「あ、いや、見ないで……」

琴音の手が前を覆ってみるが、腹周りに捲れたスカートだけが巻きついた白い体は隠しようがない。床に転がった女体は艶かしくくねり、閉め切った試着室には汗と唾液と牝汁の酸っぱい匂いが立ちこめている。

「琴音さん、何してるの」

「……見てたの？」

ズボンの前帆を見上げながら琴音が尋ねる。

「ごめん……見るつもりじゃ……」

勃起を見上げる琴音は一呼吸置いて体の向きを変えた。

「ああ……もうこんなに勃ってる……」

琴音はゆっくり床から起き上がるとタイトスカートを腰から引き抜き、生まれたままの姿になった。

「琴音のいやらしいとこ見てたのね」

白い腕が菊池の腰に絡まる。

膝立ちの琴音の鼻先にちょうど竿がぶつかる。愛しいものを慈しむようにうっとりと頬を寄せる。

「やだ、硬い……いつから見てたの？　琴音がいやらしいこと言ってるの聞いてたの？」

「い、いえ……」

言葉では否定してもうわずった声が返事だった。

「だって……菊池さんのこと考えてたら欲しくて堪らなくなってきたの」

オナニーで濡れた指先がズボンのジッパーを下げる。屹立した竿の上を通りかかると、激しい出っぱりに引っかかりジッパーが下げ辛い。

「うっ」

「あん、どうしたの」

掠める指先に思わず腰を引く菊池を見上げ、琴音は嫣然と微笑みながら下げてゆく。見られていたという恥じらいが昂ぶりに昇華し、もうアクメ寸前だった体は止めることができない。

赤いマニキュアの爪先がせわしなく動き、硬いモノを取り出そうとする。欲しくてたまらないというように唇をわななかせ、トランクスの前の切れ込みに指を泳がせる。

硬い竿はしなりながら勢いよく飛び出し、先っぽの汁がトランクスに擦れて染みをつける。

熱くたぎるペニスに頬ずりをして囁く。

「ああん、すごい……なんて硬いの……」

「琴音さんのオナニー見てたらこうなっちゃって」

「言わないで、そんな卑しいこと私……」

「指をあんなに動かして、どこ触ってたの」

言葉で責められると女孔がひくついて腿が強張る。

「うう、ん……んぐぐぅ……」

琴音は答える代わりに、口を大きく開けて肉幹を咥え込んだ。

瞬きをして目を白黒させながら艶やかなルージュに醜い棒を送り込んでいく。立ったままの菊池の腰を右腕で抱き、左手は肉茎の付け根を指で作った輪で押さえている。

口紅がズボンの周囲につかぬよう指の輪をクッションにして、長い淫棒を奥まで呑み込んでは亀頭が覗くほど浅く吸ったりを繰り返す。

「ああっ、す、すごいよ」

「んぐ、ぐふっ」

菊池が思わず突いたので、思わず咽せ涙が滲む。太い幹が口中で暴れる。

まるで膣の中を穿たれているような気分になり腰が前後にグラインドする。

「んぐう、ん、んっ、むうう……」

頭を揺らしペニスを一心にしごく唇から、くちゅくちゅという水っぽい音が漏れる。見る見るうちにルージュは乱れ、人妻が淫らな牝の表情を覗かせる。

ざらついた舌を丸め蛇腹になった裏筋を刺激する。薄い皮膚は硬い茎の上で舌にしごかれぐにゅぐにゅとうごめく。琴音の長い舌は茎の中ほどまでをくるりと包み、左右にジグザグ運動して薄襞を伸ばすように舐め上げる。

左手の中に弄んでいる玉袋がぐっと上がり、肉茎が膨張した。

「あっ、だめ、琴音さん！」

一瞬、尻が強張ったかと思うと、亀頭の先からちょっとだけ精が漏れて舌にこぼれる。

菊池が腰を引いて竿を引きずり出した。

「はあん、んんっ……お漏らし？　塩っ辛い……んふ、出ちゃいそうなのね」

赤々とした舌をなめずりながら、ちらと見上げる。上目遣いのまなざしが艶かしく菊池を射る。半開きの唇からは唾液が垂れ、あごへと滴っている。

「もう、出そうだよ」

目の前の竿は唾液にまみれてグロテスクに黒光りしている。発射寸前の茎は血管を浮き立たせカリを羽のように開き、亀頭の先から琴音の唇にかけて透明の糸がひいている。

「もう出しちゃいたいの……ああん、イキそうなのね……いいわ、じゃあ、ここにして」

「え……」

琴音が後ろに手をつき、両足を開いて腰を浮かせ股を差し出す。

「琴音のここに、挿れて……」

白い腹が昂奮で波打つ。その下に、ぱっくりと口をあけた生ピンク色の秘部が息をする。

菊池はズボンの口からペニスを出した格好のまま床にしゃがみ込んだ。竿は天を向き痛々しいほど張り切っている。

「ねえ、して……」

見とれて動けない菊池に琴音が不安げな声をかける。

生々しい女孔が濡れて光る。

「それとも……私のじゃいや？」

濡れそぼった縮れ毛が左右に分かれ、真ん中には濡れた牝孔が物欲しそうに息をして待っている。

菊池はかぶりをふって体重をかけた。

「……うふふ、本当はあの子としたいんでしょう？」

嫉妬と余裕のないまぜになった艶っぽい表情で琴音が唇を尖らす。興奮で勃起をカチコチにした哀れな男をそのままにしていたぶっている。

「そ、そんなことないです……僕、琴音さんとしたいです」

全身が硬直している菊池に、長い睫を震わせながら流し目の琴音が言葉を継ぐ。

「んふ……ここよ、この穴……ほら、もう、ああ、ぐちょぐちょに濡れてるわ……挿れて、早く穴に突っ込んで」

二本の白い指が肉ビラを左右に押し開き、埋もれたピンク色の膣口を見せ付ける。縦長に開いたマンゴーのような口はどろりとした乳白色の汁を溜め、呼吸に合わせてかすかに収縮を繰り返している。

「……ねえ、ここに、して？」

涎を垂らすように溜まった汁が、膣口から尻穴へつーと垂れていった。

「こ、琴音さんっ！」

菊池は野獣のような声で吠えると、女体を押し倒し馬乗りになった。白い乳房の柔らかさを頬で揉む。

髭の剃り跡がチクチクと肌を刺し、痛みとともに快感が鳥肌を立てる。

力強い腕が太腿を引き寄せるとY字の割れ目を押し開かせた。

「ああん、すてき……」

荒々しく抱き寄せられた琴音の艶やかな髪が赤い絨毯に乱れる。獰猛な息を耳元に吹きかけられ首を捻ってくすぐったさに耐える。

菊池の唇が白いうなじに這い、手は潤った割れ目をまさぐる。

「うふう、あ、は、ああ、んんっ、うふふ……」

腕を菊池の首に回し、ふくらはぎを持ち上げ腰に絡める。おのずと尻が浮き、熱い棒と濡れた女陰が触れ合う。

菊池の指がせわしなく女の園を掻き回し、見つけ出した穴の入り口に突き立てる。

「んんんっ！」

「ああっ、琴音さん」

菊池が思わず中指を深く挿れた。厚い肉の花びらを掻き分けずっぷりと指の付け根まで深く押し込む。

「ううう、はあん……そこ、ああ、そこぉ……」

肉を遡り粘膜を掻き乱す杭の感覚に鳥肌が立つ。

琴音の器は指を中心に激しく収縮し、根こそぎ食いちぎらんばかりにきつく締め付ける。

「あーん、して、してぇ！　挿れて、もっと掻き混ぜてっ！」

指だけ突っ込まれた琴音は堪らない表情でおねだりをする。

襞の締め付けに抗って菊池の太い指がぐりぐりと掻き回し、膣壁の中をもがく。ぬるりとした粘膜を力任せに押され、くすぐったいような微妙な感覚に下腹部が浮く。

手のひらを天に向けた指がヘソ側の内壁を押す。

「はうう！　あ、あ、あ、あ」

指に押されると強い刺激とともに遠い無重力感が腰から胃にかけて広がる。背をのけぞらせ腰を打ち付ける琴音の反応に、菊池の指が折れそうになる。

「あ、あ、強くしちゃ、あ、あんっ！　そこ、そこ、変になっちゃいそう」

「何だろ？　ここだけペコンと凹んでるよ」

「あんっ、はあ、はあ、ひ、ひっ！」

そこは空間になり、ゆるやかな弧を描くドーム状になっている。

菊池が指先だけをその空間に泳がせて強く押してくる。何度も繰り返され、琴音はかぶりを振り左右に身をよじって派手にしゃくり上げる。

「あはあ、んん、あん、あん、いいの、はあっ、変になりそ……お指が、気持ちいいのぉ……」

「あ、指にぴゅっとお汁がかかったよ」

菊池が驚きとともに昂奮した声をあげる。

琴音の器はイキ壺を押されて、襞から本気汁を吹き出した。まるで貝が潮を吹くように、熱いとろみが膣壁から次々に滲み出る。

「あ、あ、あ、　腰が動いちゃうぅ……そこがいいの、変になっちゃいそう、おしっこ、お漏らししちゃいそう！」

むっちりとした白い尻を勢いよく上下にくねらせ髪を振り乱し叫ぶ姿は、制服の美人とはかけ離れた、肉欲に狂う牝だった。

琴音が激しく腰を打ち付ける。

関節が折れそうな菊池は思わず指を抜いた。立てた中指にとろみが垂れる。湯気が上るほど温まりふやけた指は牝汁で光っている。

「あうう！」

栓を抜かれた尻はすとんと落ち、桃の割れ目から毛足の長いワインレッドの絨毯に透明の汁が垂れる。

快感の一歩手前にあった琴音の体は太腿が痙攣し、立てた膝はがくがくと震えている。

「ああああ、はやくぅ、琴音の穴ん中に突っ込んでぇ……中がヒクヒクしてるのっ、ちょうだい、ちょうだあい……」

焦れる琴音が尻を振って催促する。

「ああん、なっ、中を突っついてぇ、かき混ぜてめちゃくちゃに突いてぇぇ……！」

琴音の痴語に竿が奮い立つ。

菊池は勃起を支え持つと、ぱっくり開いたピンクの洞穴めがけて九〇度に突き立てた。

「挿れるよ」

硬いマッシュルームが膣口を塞ぐ。圧迫感が膣穴に満ち、琴音は目をうっすらとあけて震える睫の下から肉棒が割り入るのを見ようとする。

「うふう、あ、あ、入る、硬いのが中に、中に入るう」

肉付きのいい尻を持ち上げ、インサートしやすいように導く。

やわやわとした膣口が開き、棒の頭を呑み込もうとする。

3

そのとき、階下で大きな咳払いが聞こえた。

「えっ」

琴音は怯えた声をあげた。ヴァギナが急にきつく閉ざし、少しだけ差し込まれた茎の雁首を穴口が締める。

「ぬっ、抜こうか」

言いながら菊池は哀れなペニスを引き抜いた。ぬちゃっと水っぽい音と共に二人の体が離れる。

亀頭の先二センチほどが、露に濡れて光っている。先汁と琴音の淫汁がまざって出来た透明の糸が、赤黒い幹と生々しいピンクの女陰につらなり垂れさがっている。

「ご、ごめんなさい」

赤い緞帳の外に追いやられた菊池は、無様に屹立したペニスを押し込んでジッパーを上げた。

「帰ったぞ……」

太い声が大きく響く。階段を上りながら話しかけたので、すこし息が切れているようだ。

琴音は大慌てで服を整えると緞帳を開けた。

シャーッという幕を引く乾いた音がする。

ストッキングを穿く暇はなくエナメルヒールを素足に履く。手に丸めたストッキングを引き出しに押し込むと、白い手袋をはめてショウケースの中のタイピンを並べるふりをして平静を装う。

「おや、いらっしゃいませ……」

階段を上りきった西園寺は、巨体で大きな息をしながら目の前に立つ菊池を一瞥した。

予想外の客に驚いたのか一瞬眼を見開いたが、すぐにフロアを見渡して琴音の傍へ回った。

「お帰りなさいませ」

上ずった声が答える。ほつれた後れ毛がうつむいた頬にかかる。塗りなおした口紅は窓から差し込む光に照らされ、ほんのり滲んでいるのが分かる。よく見ればファンデーションも落ち、目尻のアイラインが少し溶けてしまっている。

菊池は持参した招待ハガキを内ポケットから取り出しショウケースに置いた。

「あの、これよければ妹さんと……」

怯えた琴音の視線とぶつかり、ぎこちなく微笑む。

「え、まあ、どうもありがとうございます」

「じゃ」

菊池は慌てて踵を返すと階段を下りた。

ねっとりした西園寺の視線が背中に張り付いていた。


いつの間にか太陽は傾き残照が弱々しく差し込んでいる。逆光の西園寺は大きな黒い影となって琴音の前に立ちはだかる。

うわべは装ったものの、部屋に籠もる匂いは拭い切れない。

唾液、汗、そして淫らな分泌物の匂いが赤い緞帳の内に立ち込めている。

「この、スキモノめが！」

西園寺が腹の底から罵声を浴びせる。

「おじさまっ、違うの、おじさま！」

巨体がにじり寄り琴音を試着室へと追い立てる。今まさにここで卑しい情交に耽っていた琴音には、証拠を見つけられそうでいてもたってもいられない。

「あの男と何をした！　卑しい女め！」

「何も、何もしません……きゃあっ！」

正面の鏡にまで追いやられた琴音は身をすくめていやいやをする。

慌てて身につけた紺のジャケットは剝がされ、ブラウスの胸元を乱暴に解く。くびれたウエストにごつい手が食い込み、逃げる腰を押さえつけ床に伏せさせる。

「いやあっ！」

「こんなことをしたのか？　ほら、どうだ？　隠してもすぐわかるんだぞ」

「あああん、いや、いや……」

「股を開けろ」

「ううん……いやぁ、あ、はあ、う、う……」

床に倒された女体は水を求める魚のように四肢を跳ね抗ってはみるものの、覆いかぶさる西園寺には適わない。胸が押しつぶされ乳房が痛む。これ以上圧迫されているとあばらが折れそうだった。

カブトムシの交尾のような体位を強いられ、ズボンの足が腿をこじ開ける。上半身は生肌のまま、タイトスカートの尻を持ち上げられ足を開かされる。

しばらくの沈黙のあと、苦しげな琴音の吐息だけが漏れる。

「う、んん……んんっ、あ、はあっ、……」

タイトスカートが強引に捲られ尻を突き出される。紺と白の見事な対比が浮かび上がる。

黒いパンティが桃の谷間に減り込んで一本の紐になる。恥丘の膨らみを覆う小さな布は湿り気を帯び、しんなりと秘所に張り付いている。

絨緞に伏す琴音は仔猫のようなか細いよがりを上げて腰を揺する。

「おじさまぁ、よして……お願い、お願いだから」

容赦ない指がレースパンティの船底を確かめ、ゴムを引き伸ばし肉ビラに潜り込んだ。

「……なんだ、この汁は」

低い呻きが降りかかる。

怒りに震えた指は乱暴に割れ目を掻き抉る。充血した淫らなフリルは過敏になっているだけに、指に捏ねられ熱い痛みが走る。

「はうう、お、おじさま、いや！」

「これはなんだ、なぜ濡れている！　隠しても分かるんだぞ。お前、あの男に何をさせた」

激しい罵声が追い討ちをかける。

「まったく姉妹揃って男にだらしないのには呆れる。お灸をすえるとしよう」

西園寺の手がベルトを外しにかかる。

「いやあ！　やめて、いやあ」

冷たい金属のバックルが尻にあたって跳ねる。

「こんなにぬるぬるにしやがって！　挿れさせたのか、あの男とここでやったんだろう」

股間の牝孔を責められる琴音は四つん這いのままいやいやをする。丸出しの尻は隠しようもなく三方の鏡に映し出され、濡れて先細りした縮れ毛が股の間に垂れ下がっている。

「どうなんだ、ここか、ここをこんなふうにさせたのか？　指でしたのか？　それとも竿か？」

西園寺の手がベルトを巻きながら訊ねる。

振り返る琴音の横顔は紅潮し、瞳は開いている。今から始まるお仕置きに怯えながらも鼓動が高まるのを禁じえない。

わななく唇の端にうっすらと笑みが浮かぶ。

「しませ、ん、そんなこと……んふう……」

最後まで言い切らぬうちに、悲鳴は艶かしいよがりに変わっていく。

バッグの中で、携帯電話が隆一からの着信を知らせているのにも気づかず、琴音は夢中でお仕置きを受けていた。

逃げるように店を出た菊池は、横断歩道を渡り煉瓦造りの二階を振り返った。胸騒ぎを起こすシルエットはそこにはなかった。

だが、考えたくもないのに、今あの部屋で琴音がいたぶられ醜い肥満体と絡み合っている様を想像してしまう。嫌といいつつも悦びに体を開く姿を。

いても立ってもいられない菊池は、目を閉じて小走りに立ち去った。

第六章　縺れた鎖

1

都心とはいえ朝早く歩いていると愛らしいさえずりが聞こえる。街路樹に止まる鳥は高らかに空に舞う。雲ひとつない青空はどこまでも高く澄んでいる。

気持ちのいいさわやかな風に吹かれながら亜弓と琴音は都内屈指の高級ホテルに向かっていた。

「今度のコンクール用にいいドレスがあったらいいわね」

髪を靡かせながら姿勢のよい琴音が話しかける。黒いワンピースは体の線に優しく沿い、フレアの裾も軽やかに揺れている。

「そうね、いいのがあるといいけれど」

並んで歩く亜弓が微笑み返す。

「亜弓ったら、行かないなんて言い出すんだもの、せっかくのチャンスよ、掘り出し物があるかもしれないじゃない」

尖らせる唇はピンクのグロスでいつもより丁寧に彩られている。光を受けて反射するパールが艶めかしい。

「ついて来てくれてありがとう、私一人じゃ選ぶ自信がないわ」

亜弓が口ごもる。清楚な白いブラウスに黒いタイトスカート、髪は試着しやすいようポニーテールにして黒いバレッタで留めている。

琴音に案内状を見せられセールに誘われた亜弓は、菊池の勤めるデパート主催であることに少なからず抵抗があった。広い会場だけに会うこともないと思ってみても、昼間に客として顔をみせる恥ずかしさが足取りを重くさせる。

「でも、よかったの？　日曜なのにお家をあけちゃって」

夫の隆一は昨夜帰宅するなり、翌日から北海道に出張があるといって準備を始めた。それも一段落すると、食卓に置いてあった案内状を手に、誰からもらったのかと訊いてきた。

「今日は主人は出張なのよ、安心して」

琴音は心配性の亜弓にウインクしてみせた。それは胸騒ぎのする自分へのエールでもあった。

今日はお得意様感謝セール初日。

ホテル宴会場の特設サロンには早くからゴージャスなりのご婦人方が大挙して押し寄せている。シャンデリアがまばゆい大広間で、きらびやかなドレスやインポートのスーツなどが並んでいる。

目移りする琴音はハンガーを手にしては亜弓にかざしてみる。

だが、その瞳は会場内を泳ぎ菊池の姿を探している。

「これなんかどう？　きれいなブルーよ。でもちょっと淋しいかしら」

淡い水色のチュールレースは忘れな草のように可憐だ。琴音はまた一着手にとっては思案顔をする。シャンパンゴールドのマーメイドラインのドレスはシンプルなだけに迫力がある。

服をあてられた亜弓もまた落ち着かずに辺りを見回している。会いたいような恥ずかしいような複雑な思いが去来してドレス選びに集中出来ない。自らはパープルの細かいプリーツドレスを指に遊んでいるものの手にとって見る気もない。

そのときふいに背後で聞き覚えのある声がした。

「すみません、失礼しました」

頭をさげて謝るその声は太く溌剌（はつらつ）としている。

振り向いた亜弓は思わず息を呑んだ。

「あら、菊池さん」

先に声をかけたのは琴音だった。遠慮なく手を振り白い歯を見せて笑いかける。すらりと伸びた二の腕の肉が健康的に揺れる。

「ああ、お二人ともいらしてくださったんですか！」

言葉の出ない亜弓はただピンク色の唇をぱくぱくさせるだけで声にならない。

「招待状ありがとう。妹のコンクール用のドレスを探しているの」

琴音が背に隠れる亜弓を前に押す。菊池を目の当たりにして頬は赤らみ、眉は悩ましげに八の字を描く。

「そうですか、それはありがとうございます」

滔々（とうとう）と営業口調でこたえる菊池が恨めしく、亜弓は上目遣いにその顔を盗み見た。試着室での淫靡さとは似つかわしくない爽やかな青年がそこにいる。

「ねえ、フィッティングルームはどこかしら」

シャンパンゴールドのドレスを手にした琴音の潤んだ瞳が菊池に注がれた。

特設会場の端に設けられた試着室ブース。簡単な建付けではあるが、それなりに豪華に見えるよう、三畳ほどの広い個室は白い扉で区切られている。床は柔らかなベージュの敷物で覆われ、一面の鏡と白い籐椅子が備わっている。

シャンパンゴールドのドレスの裾を捌く(さば)と、重量感ある衣擦れの音が耳に心地よい。光沢感溢れる生地はシャンデリアの下できらきら輝き、ベアトップの胸元はシンプルなだけにかえって素肌の美しさを際立たせる。

「あら、素敵よ、特に腰のラインがきれいだわ」

背中のファスナーを上げる亜弓を見ながら琴音は満足げに頷く。

「大人っぽすぎない？……ちょっとこの辺がきついし」

ウエストからあばらにかけては素直に上がったファスナーが、乳房の膨らみにかけて急にスピードを落とす。下着を外した亜弓の裸体はやわらかに解け、ドレスの中で白い饅頭がぐにゅりと歪む。

「あ……」

亜弓の手がふいに止まり、肘を上げたまま動かない。

背中の真ん中あたりまで引き上げたファスナーに左手首のブレスレットが絡まって、腕を下ろすことも上げることも出来ずにいる。

「どうしたの、あらあら」

琴音が傍に寄る。繊細なチェーンは複雑に絡み、力任せに引っ張るとドレスもブレスレットも壊れてしまいそうだった。

「仕方ないわね」

苦しげな表情の亜弓を置いて、琴音がドアの隙間から顔を出す。試着用のミュールを足にひっかけて、フロアに立つ菊池のもとへ駆け寄る。

「ねえ、ちょっといらして」

「あ、はあ、どうされました？」

「あのね……ファスナーがひっかかっちゃったのよ」

琴音は茶目っ気たっぷりに肩をすくめて言うと、菊池を試着室の中へ招きいれすぐさまドアを閉めた。

「え……」

亜弓は琴音の連れてきた人影に驚いて言葉も出なかった。無様な格好を見られ耳まで赤くなる。自由を奪われた手は、白鳥が首をもたげるような形で苦しい姿勢を強いられている。

二の腕が持ち上がり、腋が剝き出しになる。剃り跡の青い腋が生々しい。肩ひものないベアトップのシャンパンゴールドのドレスがまばゆいばかりにきらめき、ファスナーが上まで上がっていないため、布がたわんで何もつけない両の乳房がこぼれんばかりだ。

腕の自由を奪われた恥ずかしい姿に、西園寺にネクタイで両手を縛られバックから抜き差しされた光景が重なる。亜弓は泣きそうな目をして、耳まで染めて菊池の視線に耐える。

「失礼します、引っかかっちゃったんですね」

やっとのことで菊池が亜弓に話しかけた。

「は、はい……」

亜弓はこくんと頷くだけが精一杯で、体は鏡を向いたまま目はあられもない姿を見ないよう下に落としている。

「今お手伝いしますから」

菊池が琴音のほうを向いて、触れてもいいか、と確認の視線を送る。

「菊池さん、いいわよ……してあげて」

「え」

亜弓の横に立った琴音はゆっくりとした口調で笑みを浮かべる。冷静さを装ってはいるが、こみ上げる昂ぶりは隠しきれない。

「んふ、好きなんでしょう？　亜弓のこと……いいのよ、ほらチャンスじゃない」

琴音の含みある言葉に、菊池が伸ばしかけた手を止めた。

ポニーテールの亜弓のうなじは薄紅に染まり、ふくよかな耳たぶもほんのり色づく。ややうつむいた頰は火照り、衝撃的な琴音の言葉に強張りながらもどうすることも出来ず立ちつくす。

まるで犯されるのを待つかのようで、自分に嫌悪しながらも胸の高鳴りを禁じえない。

「や……」

唇は抗いのことばを捜しても、腿の内側はじっとりと湿ってきている。その蒸れが汗だけではないことは、亜弓自身が嫌というほど分かっていた。

手を縛り上げられ自由を奪われ、恥ずかしい姿を見せつけられる……お仕置きを思い出し、割れ目は早くも悦びにわななき濡れた肉唇を開き始める。

まだ触れられてもいないのにゴールドに包まれた桃尻が艶かしくくねる。奥が勝手に収縮してじっとしていられない。

「あんっ……」

ごつい指先が亜弓の腕に触れた。長時間この姿勢のままだったため、随分冷たくなった指が一瞬ピクッと宙に跳ねる。

背後からの視線に、ドレスの隙間から覗く赤褐色の乳輪が硬くしこりはじめ、白い乳房に鳥肌の微細な粒が無数に突起する。

「ん、ん……」

背筋を触れられて思わず艶っぽい声が漏れる。

「す、すみません」

「いいのよ菊池さん、してあげて。亜弓にいいことしてあげて」

声を出されて怯む菊池を、琴音が焚き付ける。

2

立ち尽くす菊池の手をとって琴音が亜弓の胸へと導く。

「えっ、こ、琴音さん！　何するんですか」

「うふ……ねえ、亜弓、本当はされたいんでしょ？　こんなこと。自分から言えない娘なのよね」

琴音の手がドレスのはだけた胸元へと誘導する。

背後から抱きすくめるような格好で、日に焼けた手が白い乳房の丸みに触れお椀を包む。

「あ……や……」

じかに触れられ声が裏返ってしまう。琴音の目の前で菊池の指に乳房を歪められる辱めが、喉の奥を乾かし女裂の奥を濡らす。

鏡の中の亜弓は目を閉じ、唇をわななかせている。だが濃い睫に隠れて瞳は菊池の手の動きを追って止まない。犯されているのを確かめて淫らな気持ちに堕ちてゆく。いたぶられるほどに感じてしまう……西園寺に調教された若い肢体は歪んだ性に目覚めている。

「やめ、て……いや、いや、はああ」

切ないよがり声に煽られた菊池の手がドレスの下に滑り込み、尖った粒を乱暴に手のひらに転がした。

「あ、あ、い、いや、いや」

亜弓の切ない声が試着室に響く。それは男を拒んでいる声ではなく、体が疼いて仕方がない自分への「いや」だった。人前で弄られて燃える淫乱な自分への「いや」が三人を逸らす。

「亜弓さん、ぼく、ぼく、もう……！」

ポニーテールのうなじに熱い唇が押し付けられる。産毛立つ肌を軟らかいぬめりが這う。背中からまわした両手がシャンパンゴールドの胸元を剝がし、二つの丸みを揉みしだく。開けた指の間から白い乳がむにゅ、とはみ出し、中指と薬指の谷間には赤い尖りが挟まれている。

形のいいバストが持ち上げられ、揉み潰されマシュマロのように変化する。

素肌はじっとり汗ばんで菊池の手のひらに吸い付く。時折べたつきに滑りが悪く豆粒がひっかかり痛みが走る。

「あん、ん、はあ……」

左腕を上げたままなので、胸が上へ引っ張られ丸い椀形の頂の赤豆が摘んでくれとばかりに飛び出してしまう。

蕾（つぼみ）を見つけた親指と人差し指が、まるで螺旋を回すように左右に捻る。

乳首の茎が指の腹に擦られる度腰が揺れる。突き出したヒップが菊池の下半身に触れ、尻山に硬い異物を感じた。

「うっ！」

菊池の漏らす息に、それが雄々しいモノであると知った亜弓は、尻のくねりを止めて触れぬように耐える。

指が小さい豆粒を捏ね上げて前へ前へと引っ張る。茎が伸び、乳首が赤褐色の三角錐になるほど捩じ上げる。

「ああん、あああん、ううっ、んんん……」

「亜弓、気持ちいい？　こんなこと、してもらいたかったんでしょう？」

琴音が二人を羨（うらや）ましげに眺めながら声をかける。冷静な筈の声が上ずって、琴音もまた感じてきてしまっている。

鏡の前で縺れる二人を見て、琴音の脳裏には昨夜の隆一が思い出された。案内状の一件のあと、風呂上がりに洗面所の鏡の前でパウダーをはたいていると、背後に隆一が立っていた。バスタオルを巻いただけの裸体を見られた琴音は、探しものかと尋ねると、隆一は生返事で通り過ぎた。

(何だったのかしら……)

最近、夫の視線が気になって仕方ない。気のせいかとやり過ごそうとしても常に頭に靄がかかっている。だが、今日は夫は帰らない。琴音は試着室の鏡を見つめて言った。

「さあ、言葉にして、どこがいいの」

「あっ、う、うふう……」

亜弓は恥ずかしそうに首を振りいやいやをする。辱めを受けるほどに割れ目から樹液が溢れ、腿と腿をすり合わせたくなる。充血した肉ビラはぽってりと厚みを増し、内から自然と捲れる。

シャンパンゴールドに包まれた尻が大きくうねり、その度にきらきらと光沢を放つ。

尻たぼが竿に触れ、触発された菊池の指がクコの実を押し潰す。

「う、ふうっ！」

乳房を摑む手のひらにも汗がにじみ、きゅっ、きゅっ、と摩擦の度に止まり、ともすると敏感な乳首に痛みが走る。

鏡に映し出される苦悩の表情に、亜弓は自分でもうっとり見とれる。鏡から胸元に視線を移すと、指に捻られる乳首が痛々しげに伸びている。豆粒が変形し、指につままれぐにゅりと楕円になる。ゴムまりのように自在に変形し指の中で転がる乳首を見つめ、じっとりと濡れてきてしまう。

「ああ……痛いのに気持ちいいのね、亜弓。下のあそこも弄って欲しいんでしょ？　言ってごらんなさい」

琴音に見透かされ、股を閉じ合わせる。

「いや、いや……もう、ああんっ、だめえ……」

「いやじゃないでしょ？　いいんでしょ？　おっしゃい。もう亜弓のワレメはぐちゅぐちゅです、って」

日頃西園寺に受ける辱めに倣って琴音が意地悪をする。

「いやああっ、言わないで」

菊池の手がするすると下腹部へ這ってくる。

ぬめらかな布を捲り上げようと手が泳ぎ、前スリットから潜り込む。

「亜弓さん、熱いよ、ここが熱いよ」

菊池が亜弓を正面の鏡に押しやり上体をつけさせる。鏡面に頬を押し付けられ美しい顔が歪む。

「ああっ、し、しないで……」

鏡が息で曇る。こぼれた乳首が鏡に触れ、冷たさとくすぐったさに思わず膣口が締まる。理性を失くした手がロングスカートを捲り白い尻があらわになる。ストッキングに包まれた尻は臀部の丸みがてかり生尻よりも卑猥にくねる。

足を閉じようと腰を捻る。パンストの中で白いパンティが皺を寄せ、尻の割れ目に食い込んでいく。気持ち悪さと恥ずかしさで身悶えするうちにパンティの船底がじっとり湿ってゆく。

菊池の指がウエストゴムにかかり力任せに引き摺り下ろす。

「いやあっ！　お、お願い、お願いぃ……」

ストッキングとともに下ろされたパンティを挟もうと閉じた腿を、ズボンの足が撥ね除(の)ける。

「や、いや！」

無理やり開かれた股に縮れ毛がそよぐ。

「お願い、よして」

手が宙をもがき、手首に食い込むブレスレットが音をたてて千切れた。

自由になった左腕が背後の菊池を摑もうとする。手首に食い込んだ鎖の跡が赤く線を引き痛々しい。

菊池の右手が前へ滑り込み、湿気に包まれた陰毛の中に指をねじ込んでくる。

「う、うん！」

乱暴な指は縮れ毛を掻き回し軟肉を弄ぶ。爪先が肉ビラに触れ、痛みと快感が同時に押し寄せる。

太い指先がぬるりとした汁にまみれて肉ビラの谷間に潜る。

「ああっ、亜弓さん、すごいよ、こんなに濡れて……お汁でびっちょりだ……」

「いやぁ、言わないで」

「こんなに濡らして……感じてるんだね、指が滑り込みそうだ、穴の中に入っちゃいそうだ」

菊池の中指がくの字に曲がると、水浸しでやわらかく開いた膣口にくいっと突き立てる。

女孔の入り口にあてがった指は、潜るか潜らないかの微妙な位置で牝孔を押している。

「うう、ん、ん、あ、あ」

「ああん……素敵、亜弓ったら指マンされてるのね……気持ちいい？　羨ましいわぁ」

横で見ている琴音は溜息混じりに呟くと、しゃがみこんで菊池の尻に顔を寄せた。二つの尻山を両手で摑み、割れ筋に鼻を埋める。

「あはあ、いい匂い」

尻の割れ目はじっとりと汗ばみ、硬い体毛が尻山をも覆い、鼻先をくすぐる。

琴音は手を伸ばし、後ろから前の膨らみを捕らえ撫で始める。

「うっ、こ、琴音さん」

「すごく硬い……菊池さんたら、ああん、こんなに反らせちゃって……欲しいわ、ねえ、琴音にもちょうだい」

「だめだよ、手……と、止めて……出したくなっちゃうから」

「だって、欲しいんだもの、ああ、すごいの、硬くて太いわ……こんな立派なオチンチン突っ込んで欲しくなるぅ、ねえ、ちょうだい」

天を向く肉竿の裏筋をシコシコと擦る。

その摩擦に、亜弓の割れ目を弄っていた菊池の手が止まる。

「ああん、いや……」

先ほどまでは弄られて抗っていた亜弓だが、止まった指を軸に自ら腰を回している。充分に前戯を施された体はもう戻れない。ここまで濡らされながら指を止められる、むごい仕打ちに亜弓は遂に観念した。

「いや」

「え」

「いや……やめちゃ、いや」

眉間が切なげに寄り、赤い唇が悩ましい告白をする。

「もう感じちゃってるのに……ねえ、ねぇぇ」

焦らされた秘所が指戯をおねだりする。これだけ辱められておきながら焦らされては、もう我慢できない。充血した二枚貝は肉厚となり、真珠粒はぽってりと勃起している。

琴音の手に竿を委ねる菊池が恨めしく、亜弓は腰を動かして催促する。

その時、菊池の内ポケットで社内携帯が鳴った。

濡れた指が茂みから引き抜かれ、重なっていた体が離れる。

携帯を握る指に透明の糸が引いている。

「すみません、部長からです」

濃厚な空気の中で息苦しく朦朧としていた三人は、無機質な音に目を覚ます。

慌てて靴を履きドアをすり抜ける菊池の背中に、美姉妹は名残惜しげな視線を送る。

「ああん、行っちゃうの……」

琴音は両手で乳房を摑むと、鏡の中の自分に哀れみの視線を投げかけた。

第七章　緋に染まる寝室

1

琴音は夕食の後片付けをしている。

帰宅の早かった夫のために、好物である鮎の塩焼きと茄子(なす)の田楽、じゅんさいの澄まし汁にした。

きれいに平らげた隆一は、ダイニングで夕刊を広げてくつろいでいる。もう九時だというのにパジャマではなく家着のコットンパンツにシャツ姿がいかにも几帳面だ。

時折ちら、と隆一がこちらを見ているのを感じる。斜め後ろからの視線は上半身からやがて腰を撫で、そのままふくらはぎまでをなぞる。

琴音は居心地の悪さを覚え、わざと食器棚のほうへ動いてみたり、冷蔵庫をあけたりする。だが、新聞に見入ったと思えばまたすぐに目を上げて琴音の方を見つめてくる。

「お風呂を沸かしてきますね」

沈黙が息苦しい。

琴音はつとめて明るい声でそう言うと、エプロンの蝶結びを揺らしているその尻が見つめられているとも知らずに、洗面所へ消えた。


湯上がりのしっとりとした肌に、赤いベビードールを羽織る。

ベッドルームに据えたドレッサーの鏡には、妖しくポーズをとり微笑む琴音がいる。

ストラップは細く肩の上で蝶結びをする。艶めかしいシースルー素材は胸下からへそにかけて深い切れ込みが入り、膝の上でフリルが揺らいでいる。

お揃いのパンティは穿き込みが浅く、ピンと張ったサイドストリングが腰骨にかろうじて引っかかっている。

(どうかしら……赤い下着は幸福を呼ぶっていうから、明日のコンクールにこのパンティをつけていこうかしら)

琴音は明日に迫る亜弓のコンクールを思い描く。西園寺と連れ立っていくことになっているが、後援には菊池の勤務先の百貨店が名を連ねているので、偶然会えるかもしれない。

だからどう、というわけではないが、亜弓の勝利を願うのにかこつけて刺激的なランジェリーを身に纏ってみたい思いに駆られる。

真新しい下着をつける時は、いつも心地よい緊張感が走る。

少し派手すぎるだろうか、とも思うが、誰に見られるわけでもない、ドレスの下で密やかにつけていくだけである。

鏡の中に微笑みかけると、そこには三四歳には見えない妖艶な女性がいる。

（もし会場で偶然一緒になったら……ううん、そんなのありえないわ、無理よ）

西園寺の目を盗み二人で会うことなどできるわけがない。だが、いけない妄想は脳裏につぎつぎと浮かぶ。

隆一は風呂上がりに書斎でパソコンに向かって図面を書くなど仕事をしている。覗かれることはまずないだろう。それに、いつも帰る時間が遅いので一昨年から部屋もベッドも別々にしてある。以来肌を重ねることもなくなってしまった。こんな淫らな下着を見つけたらなんと言うだろう、いや、冷めた目でくだらない、とでも言うように一瞥するだけかもしれない。

長い夜は、潤いのない女体が一人ベッドで狂おしく身を持て余す。

試着室で亜弓の胸を這っていた指遣いが焼きついていて離れない。無骨な指が亜弓の小さい豆粒を捏ね上げて前へ前へと引っ張る。茎が伸び、乳首が赤褐色の三角錐になるほど捩じ上げる。

あの日、狭い空間で立ったまま陶酔する亜弓が羨ましかった。

想像するだけで、琴音の乳首はみるみるしこり、透ける紅の生地を押し上げてくる。見下ろせば、白い饅頭の頂はそこだけ飛び出し、触れもしないのにジンジンと痺れてくる。

琴音は鏡の前でベビードールの上から胸に手を添えた。しなやかな触感一枚向こうにゆたかな乳房がある。左手で胸をつかむと親指の腹で尖りに触れてみる。硬い姫豆をへしゃげては跳ね、を繰り返すうち、蜜泉の奥が潤み、下半身が揺らいでくる。

やがて菊池の右手は前へ滑り込み、湿気に包まれた陰毛の中に指をねじ込んでくる。

(あん……ああっ、そこ……だめよ、あん)

菊池は焦ったように縮れ毛を掻き回し軟肉を弄ぶ。太い指先がぬるりとした汁にまみれて肉ビラの谷間に潜る。

琴音の赤いパンティはつっこんだ手の甲で前を大きく張り出し、サイドストリングが千切れそうに細まり尻肉に食い込んでいる。

ベビードールの裾が揺れる。乳首をつまむ指先に力がこもり、割れ目を這う手がスピードを増す。

(だめ、だめ、そんなっ、ああん、いきそうよっ)

鏡の中の淫らな女体は妖しくくねり、軽やかな裾を揺らしている。下の指先から水っぽい音がして、体は熱く充血してきている。閉ざしていた牝貝はやわやわと口を開き、ぬらりと汁気に満ちた貝肉が勝手に収縮を繰り返す。

その時、ドアの向こうでこちらに来る足音がした。

（え？）

咄嗟に指を抜いた琴音は、ノック音に声を詰まらせる。

「入るぞ」

短い言葉のあと、隆一がドアを開けた。深紅の薄衣だけを纏った琴音は、ベッドに脱ぎ捨てたバスローブを引き寄せて前を隠した。

「な、なあに」

声が裏返って動揺を隠せない。

「プリンターのインクがもうすぐなくなりそうだ、悪いが明日買ってきて欲しい」

「そ、そう、ええ、いいわよ」

隆一は琴音の姿に目を泳がせながら言葉をついだ。

「場所はわかるか、駅前の量販店、あそこのが一番安い」

「知ってるわ」

「……それとも明日は都合が悪いかな」

いままでだって一度も隆一の使いを断ったことはない。だのに改めて予定を聞いてくること自体不審だった。琴音は顔を曇らせたが、早く部屋を出て欲しい一心で笑顔を装う。

「どうして？　そんなことないわ」

「……パートが、あるだろう」

隆一は一呼吸おいてからそう言うと、正面から琴音を見た。縁なし眼鏡の奥の瞳はいつになく潤み落ち着きがない。唇も何か言いたげに開いては閉じを繰り返す。

やがて視線は琴音の顔から首筋、デコルテへと落ちて行く。バスローブでは隠しきれない赤い透け布をじっと見ている。

隆一は部屋へ歩を進め、立ったままの琴音の背後へ回り、ベッドの端に腰かけた。

「あそこは忙しいのか」

「いいえ、どうして」

琴音は顔を見ることができず、鏡の方を向いたまま所在なさげに立っている。

「メールしても返事がなかった」

「接客中で出られなかったのよ」

「客って、どんな客が来るんだ」

どうやら隆一はテーラーの客に嫉妬しているらしかった。最近の夫の監視の原因がわかった反面、何をもって夫がそんなことを感じるのか不思議だった。

「どんな、って……役員クラスの年配の人が多いわ、あそこの服は高価ですもの」

「誘われたりはしないのか」

「誘うって、お食事とかに？　ありえないわ、単にスーツを仕立てに来たりするだけで。会話らしい会話もないわよ。たまには映画のチケットとかいただくけど」

あまりしつこく訊かれて琴音もすこしいらついてきた。言わなくてもいいことかもしれないが、菊池のことが思い出されて、つい映画のことを口走ってしまった。

「映画か。それは誘ってるんじゃないのか」

何が言いたいのか、はっきりといえばよいのにと喉元まで出かかったが飲み下す。

「じゃあ、忙しいだろう、明日は無理か」

「そんなことないわ、帰りに買ってこれるわ」

「帰りは誰かと会う予定はないのか」

「ないわよ、いつも早く帰ってきてるでしょう」

後ろから、腰の上に大きな手が添えられた。紗のかかった赤いレースをしわくちゃにして、手はそのまま腰の張りを確かめるように肉を揉む。

「きゃっ……」

隆一はベッドに軽く腰かけたまま尻を揉みあげる。その位置からではパンティのTバックが尻の割れ目に食い込んでいるのが見られてしまう。なんて淫らな格好をしているんだ、となじられるものかと身を強張らせるが、隆一は何も言わず黙って尻を揉んでいる。シャリシャリと布の擦れる音がして、そこに隆一の吐息が重なる。

どうしていいかわからず、ただ尻を隆一に預けている。久しぶりに触れる夫の手は大きく、エンジニアらしい細長い指が尻たぼに食い込んでくる。

琴音はドレッサーの台に両手をついて、尻を突き出す格好のまま無言で愛撫を受ける。

親指が尻の割れ目にもぐりこみ、桃を割るように両側に引き裂く。

「あんっ……！」

白い肌に緋色の幅細いサテン地が食い込み、かろうじて菊花を隠している。

親指はその菊紋の在り処を確かめるように布を押し込みながら、のこりの四本指で双丘を揉み上げる。

抵抗するのも、溺れるのも憚られ、どうしていいか分からぬまま下半身は自然とゆっくりくねりはじめる。

腰に垂れたベビードールを捲り上げると、くびれたウエストが現れる。隆一はやおら立ち上がり、あばらに沿って両手で体を撫で上げると、豊満な乳房のたわみに触れて止まった。

背中に厚い胸板を感じる。隆一の鼓動が伝わる。長身にすっぽりと抱きすくめられた格好で、琴音は息をひそめる。夫の手の中では深呼吸すら感づかれたくはない。だが、肌に触れられただけで全身の産毛が逆立ち鳥肌が立っている。

ひとたび止まっていた指が、そろそろと這い上ってくる。手のひらを広げやわらかな乳房を包むと、じっとしている。琴音の尻には隆一の下腹部が触れ、にわかに異物が顔をもたげてくるのが分かる。

「琴音……」

湿った声が耳元にかかる。それは久しく聞いていなかった夫の欲情した声だった。

2

琴音は乾いた喉奥に唾を呑み込んだ。細い首筋が動き、その微動が胸元へ伝わる。沈黙をイエスととったのか、隆一は手の中の果実を揉みくちゃにした。やわらかな脂肪を歪め、頂の赤い実をつねり、愛撫というには乱暴な愛し方で琴音を求めた。

「や……って」

やめて、というつもりが、懇願の言葉が口をついた。拒むことで夫との関係が崩れるのを恐れた琴音は、流れに身を任せる方をとった。いや、むしろ理性で選んだというよりも、認めたくはないが体がすでに反応してしまっていたのだ。

西園寺に開拓され菊池で馴らされた女体は、醒めていた夫にさえ欲情することができるほど卑しく淫らに堕ちていた。

「欲しいのか、琴音、俺が欲しいか」

久々に聞く隆一の猛々しい声に、戦慄が走り毛穴が縮こまる。指はむちゃくちゃに乳首を引っ張り痛くてちぎれそうだった。だがそれすら、犯されているという被虐の悦びになり、琴音の割れ目は早くも蜜が溢れかえっている。

それに気付かれたくない琴音は、必死で股を閉じた。尻に触れるノの字が硬く熱くなってきている。

「そんな下着着て、どうしたんだ。誰に見せるためだ」

「…………」

「なんて破廉恥な格好をしている、なあ、欲しいのか、そんなに欲しかったのか」

「や……あんっ」

凌辱の指に力がこもり、赤い実がもげそうになる。

「言ってみろ」

「や……、あん、あなた、欲しい……欲しいわっ」

言葉に満足したのか、隆一の指から力が抜けた。苛めるような乳首のつねりもいつの間にかやさしく転がすようにかわり、体全体で琴音の背中に擦り寄ってくる。

「ああん、欲しいの……ねえ、ずっと欲しかったぁ」

言葉は嘘と分かっていても体の芯は蕩けはじめている。これでいいのだ、と言い聞かせながら琴音は次第に思考力も薄らぎ、指先に溺れてゆく。

腋下から前へもぐりこんだ隆一の手がふたつの果実を摑み、人差し指と中指で赤豆を挟む。指を動かし螺子(ねじ)を回すように乳首を刺激するかと思えば、そのまま前へきゅっ、と引っ張る。

「はうう！」

長い指は器用に豆をつつき、転がし、引っ張る。親指と人差し指で摘まれた尖りはクリクリと捻じられ、いつまでも離してくれない。

「あん、あん、ああ」

夫によがりを聞かれる恥ずかしさで耳まで紅潮する。自分がより多く欲していた淫らな女だと思われたくはないが、そんなことを意識する余裕はない。親指は突起を上から下、下から上へと捏ね繰り回し、茎の部分を摘んで引っ張っては押し込んでくる。

「はあ……ん、んんっ、はあっ」

「琴音、ごらん、乳首がこんなに勃ってる」

体を起こされ、鏡を見るように言われ思わず顔をそむける。そこには朱色の羽を淫らに捲り上げた白蛇が発情している姿がある。たわわな乳房は手の中で歪み、指の隙間から赤紫色に凝り固まった乳首が飛び出している。荒い呼吸にヘソは凹み、下腹部だけ魔法にかかったようにくねらせている。

「いやぁ、言わないで」

「ほら、弄って欲しかったろう」

面白い玩具を弄くるように、隆一は夢中で赤い実を捻じったり引っ張ったりを繰り返す。

「あんっ、だめ……ああ、あ、あ、あ」

喘ぎで鏡が白くなる。乳首ばかりを弄られて、じれったい琴音は乳房を摑む手に手を重ねた。

「んふう、ねえ、ねえぇ」

自分から欲しがるのはみっともない、だが、こんなにも焦らされて割れ目はもう充血している。じんじんと痺れる女陰は触れて欲しくてたまらない。

「ねえ」

懇願にも構わず乳首ばかりを弾く指をいなし、腹を這いながら下腹部へと導く。へそのあたりで止まった手は腹肉の揺れをたしかめるように一撫ですると、パンティの上から恥丘に指を這わせる。つるり、とした手触りに滑り、指は割れ目へ潜り込んだ。

「はううっ！」

突然敏感な部分に触れられ、琴音は背を仰け反らす。それに意を得たのか、隆一の指はシコシコと割れ目に沿って擦りたてる。食い込む指先に汁気が滲み、パンティを濃い赤に染める。

「濡れてるぞ」

じっとり湿るサテン地を往復で撫でる中指が、時折柔肉を押し込んでくる。そこに小さな突起があるのを見つけようと、指先でぐりぐりと布を押して探してくる。

「あん、あん、はうう、あ、あ」

まだクリトリスにも到達していないというのに、琴音はイってしまいそうで歯を食いしばった。こんなにあっけなく達しては淫らだと思われる、我慢して気を紛らわそうとするが指が通過するたび這いのぼる快感をやり過ごすのは至難の業だ。

「ここか、ここだな」

大きくなったクリトリスを見つけた隆一が、嬉々として中指を立てて小さな弧を描き始める。立ったまま指でイかされる屈辱に、琴音は必死で抗った。

「いや、いや……待って、あ、あ、まだ」

久しぶりの情交に、それも嫉妬にかられての凌辱に隆一の勢いは止まらない。左手指は乳首を捩り、右手はパンティの縦筋を押し込んでくる。薄いサテンはあまりの指のしごきに布目が開き、破けてしまいそうになっている。

「なぜこんな淫らな格好をしているんだ、誰のためにつけているんだ」

やはり隆一は怪訝に思ったのだ。テーラーで男に誘われていないか問いただし、否定してもなお嫉妬する夫には、緋の下着は刺激的すぎた。

「俺のためか、そうなのか琴音、そうなのか」

返事を催促するように指が割れ目を押してくる。男のわりに細い指は微妙な隙間に潜り込み敏感な姫豆をノックする。

「あぁ……ん、はあっ、いや」

「そうなんだろ、こんな風にしてもらいたくて、いやらしい下着をつけたんだろう」

淡泊だと思っていた隆一のどこにこんなジェラシーが潜んでいたのだろう。琴音は戸惑いながらも体中の血が逆流し、もはや指から逃れられないでいる。

「そうよ……」

菊池のことは封印し、琴音は夫の指に委ねる貞淑な妻を演じることにした。

「あなたに気づいて欲しくて、こんな恥ずかしい恰好をしたの」

罪な嘘に声が震えてしまう。だが、そうでもしないとこの魔手から逃れることはできない。イエスでもノーでも夫は琴音を凌辱してくるだろう、ならば優しい嘘で今から始まる淫らな時間を彩るほうが満たされる。

隆一の指から力が抜け、撫でるようにクリトリスを愛撫し始める。琴音もそれに合わせ、仔猫のように身をよじると隆一の胸の中にすっぽりと納まってゆく。体が溶け合うとはこういうことを言うのだろう、背中も脇腹も、尻も腿も、触れ合う肌のすべてが優しい摩擦にうっとりと伏せ、ひたすら感触を愉しんでいる。

隆一の指が赤いサイドストリングにかかる。ゆっくりと引き摺り下ろされるとき、今から始まる行為を思い鳥肌が全身を覆った。白い双丘を分けていた赤い紐は、尻の割れ目から剥がされて太腿にひっかかって止まった。

「ふうう……」

琴音が唇を尖らせて息を吐く。

大きな桃が生き物のようにゆっくりとくねる。西園寺に仕込まれた淫らな腰つきが隆一を焚き付ける。

いつのまに取り出したのだろう、硬い竿が桃の縦筋をくいっ、と押してくる。その弾力が懐かしく、琴音は腿を開いて尻を突き出した。ピンと伸びたパンティの紐が太腿に食い込んで足が開きにくい。自由が利かない分、上体を倒して尻を差し出すと、割れ目は大きく開き、湿った女陰に空気が流れ込んできた。

「琴音」

隆一が挿入の合図のように囁くと、肉刀が尻から前へとぬめる地帯を往復で撫で始めた。にちゃにちゃと水っぽい音が静かな部屋に響く。

「濡れてるよ、ああ、すごい……」

「いや、言わないで」

隆一がスピードを増して湿地を擦りたてる。時折間違って菊花にぶちあたり、そのまま押し込もうとするので、琴音は尻をゆすって逃げる。ぶつかった太茎はやわやわとした菊の門にずぶりと突き立ち、皺の寄る薄紫のすぼまりを熱く痛くさせる。

「ああん、そこはいやぁ」

偶然とはいえアナルに触れられて、恥ずかしさのあまり涙が滲む。そこはまだ西園寺にも拓かれていない。まして菊池など触れることもない。

「どこ、ああ、分からないよ」

上付きの琴音の穴は分かり辛く、竿先が倉を探してさまよっている。このままでは焦れた隆一にすぼまりを犯されてしまう。琴音は恥を忍んで、前から両手を伸ばして自ら尻山を割って指し示した。

「ここよ、もっと前、もっと、ああ、そこ、そこ、あ、あ、あ」

太い棒が嵌(はま)ったかと思うと、そのまま体重がかかり隆一が重なってきた。

「はうううっ！」

激しい衝撃が膣壁を遡上し、琴音は鏡に触れるほどそばに突っ伏した。熱い弾頭が深く差し込んでは抜きを繰り返し、その度体が前のめりになる。むっちりとした尻を摑み、隆一が思いのたけをぶつけてくる。

赤いベビードールはひらひらと揺れ、紅潮する肌の色をより一層燃え上がらせてみせる。

「熱いぞ、ああっ、中が熱い」

あれほど無関心だった夫の豹変ぶりに驚きながらも、久しぶりの太幹に膣が悦び締め付ける。女として見られたという充足感が体中を駆け巡り、粘膜に熱い血が集まってくる。

きゅうと締め付けるヴァギナに逆らおうと、茎が乱暴に出入りする。その度に弾頭が膣壁にめちゃくちゃにあたり、まるで赤ん坊が中から腹を蹴るように、下腹部が膨れそうだった。

汗ばむ手が滑り、なんども琴音の腰を抱えなおす。ピストンの勢いに尻が逃げないようにと摑む指が肉に食い込んで痛い。

掻き出された蜜が女陰やすぼまりにまで滴り、ぬめりで竿が抜けそうになる。

「琴音、これがいいのか」

「あうう、ふうっ、そうよ、欲しかったのぉ！」

従順な妻に、隆一はスピードをあげて腰をグラインドし始める。

「ううっ、いいよ、琴音、ああっ、ふうう」

もっと奥へもっと深く、欲しがる壺はひくつきながら肉樹に吸いつき底なしの沼へと誘い込む。

盗み見た鏡には、激しい抽送に揺れる女体が猥らな笑みを浮かべている。西園寺にも菊池にも見せたことのない、余裕の笑みが琴音を一層美しくする。

狭い膣の中で樹が膨脹した。硬い棒の摩擦が粘膜をひりひりと掻き抉り、発射が近いことを知らせる。

「ああんっ、硬いわ、中がいっぱいよ」

「うあ、ああ、琴音っ！」

収縮を繰り返す膣径の中で肉竿がひしめいている。壺の中をめぐらすゼリーを掻き出し、硬い亀頭が子宮まで穿つ。

内臓が揺さぶられ、突き上げられて胃が痛む。背後から串刺しにされた琴音は脳天までたっする刺激に鳥肌を立たせて耐えている。ドレッサーは台ごと音を立てて揺れ、鏡が小刻みに震えている。台に載せた化粧小物の瓶も倒れ、転がって床に落ちる。

「あううっ、んふう、あ、あ、あ、あ！」

膣を裂かんばかりの太茎の速射に、よがりが途切れる。息で曇った鏡の中で二つの肉が重なり合っている。

「ううう、琴音っ」

「あん、ちょうだいっ、もう、あああ」

乾いた音が断続的に尻に打ち付けると、隆一は慌てて竿を抜いた。ベッドルームに静寂が訪れる。と、うっすらと汗ばむ背中に熱いほとばしりが飛び散った。ひとかけ、ふたかけ、ゼリーのとろみが背に垂れる。勢いよい飛沫は肩に伸びる髪まで汚す。

「はぁ……あなた」

温い洗礼を受けながら琴音は鏡の中の隆一を見た。伸ばした腕で琴音の腰を掴んだまま前髪を乱し、目は閉じ口を半開きにして震えている。そこに映るのは淡泊な夫ではなく、欲情に溺れた男だった。

第八章　濡れる楽屋

1

「客入れしても大丈夫かな」

「はい、ＯＫです！」

広いコンサートホールを駆け足で回りながら、座席や通路をチェックした菊池は大声で上司に答えた。

今日は社の後援イベントで年一回のピアノコンクールだった。日頃から展覧会など文化事業に力をいれているが、中でも今日のコンクールは一番華やかで権威あるものだったので、社員も緊張の面持ちで会場整理にあたっている。

「じゃ、お客様お通しするからな、頼むぞ」

楽屋での化粧や着替えが済んだ出席者たちはそれぞれ控え室へと移動を始める。二〇名の女性たちが一斉に動くとまるで花束が揺れるようである。

華やいだ一陣がひとしきり出て行くと、誰もいなくなった楽屋に一人取り残された亜弓は焦っていた。楽譜のピースが一枚見当たらない。暗譜しているとはいえ、心もとなく不安が込み上げる。

バッグやノートの中も捜したが見当たらない。時間ばかりが徒（いたずら）に過ぎてゆく。他の出場者たちの衣擦れの音が廊下の向こうでする。

「どうしよう」

焦る気持ちで腋下がじっとり汗ばんでくる。

その時背後でドアをノックする音がして、磨りガラスの向こうで黒い影が動いた。

「失礼します」

答えるまもなくドアが開く。

聞き覚えのある声に顔を上げると、そこには背広姿の菊池が立っていた。

「あ、失礼しました。まだ、いらっしゃいましたか……見回りなんです」

偶然の出会いに驚く亜弓は視線を合わせたまま黙っている。

館内放送がコンクールの始まりを告げる。

「今、行きますわ」

淡いシャンパンゴールドのロングドレスを纏った亜弓は申し訳なさそうに立ち上がる。アップにした髪はいつもより念入りに手入れされ、後れ毛が柔らかなカールを描いている。ふっくらとした耳たぶは小粒のパールに飾られて先をほんのり紅色に染めている。

ふいをつかれた亜弓は、楽譜が見当たらない不安と菊池に出会った驚きで早くも腋の下が汗ばんでくるのを覚えた。

足を前に進める度に腰から裾へのラインがぴったりと体に沿い艶かしく揺れる。前スリットがぱっと開き白い足が現れては消える。

ヒールの音につれベアトップの胸元が上下し、押し込められた膨らみが今にもこぼれんばかりになる。

「さ、どうぞ、控え室に移動してください」

二つの盛り山に恥じて身を小さくしていると、菊池の手が背中に触れて外へと促す。

「は、はい……」

「出番は何番ですか？」

「十三番です」

覗きこむように尋ねる視線が胸の谷間に注がれる。ひしめきあった丸みは白いライチーの剝き果のように瑞々しく、仕草につれてぷるんと揺れる。

「そうか、じゃ頑張って」

耳元にかかる息に鳥肌が立つ。亜弓は会釈してドアをすり抜けた。

演目の前、場内には凛(りん)とした空気が張り詰める。

この時ばかりは招待客の女性陣もおしゃべりをやめ、埃(ほこり)ひとつなく磨き上げられたステージを見つめる。中央に置かれたグランドピアノは漆黒に染まりライトを反射する。

シャンパンゴールドのロングドレスをきらめかせた亜弓はステージ中央に足をすすめ、深々とお辞儀をする。すらりとした立ち姿の腰は下着の線ひとつなく滑らかにS字を描く。ドレスは素肌に纏うようにと西園寺に念を押されたためだ。

拍手を受けてゆっくりと上げた顔は紅潮し、不安も手伝い一層赤みを増す。

舞台の上からもそれと分かる背広姿の西園寺がうれしそうににやりと相好を崩した。椅子に深く座りなおし隣に寄り添うグリーンベルベットのドレスの琴音に何やら話しかけている。

(このコンクールで入賞しなければ、お仕置きが待っているぞ)

西園寺に告げられた声が耳にこだまし鍵盤に揃えた指が震える。だがその震えは決して恐怖からのものではなく、ほのかな期待と悦びを孕(はら)んでいた。

「お仕置き……」

わななく唇が深呼吸をひとつすると、指が力強くラフマニノフの第一音を響かせた。

2

次の演奏者の第一楽章を聞きながら、亜弓は控え室へと続く通路を歩いていた。ピアノ椅子に座っていたせいで膝の裏がべっとりと汗ばむ。腋もぬるりとし、甘酸っぱい匂いが上ってくる。

「ふう……」

まだ緊張の解けない体は強張り、ヒールで階段を下りる膝の震えが止まらない。

「上手でしたよ」

「まあ、菊池さん、こんなところに……」

通路の端に待ち受ける菊池に驚き足を止める。

「ドレスもよく似合ってた」

「でも、私、一箇所ミスしちゃったんです……」

「そんなの僕には分からないですよ。それより、ちょっとだけいいですか」

人でごったがえす控え室前を過ぎ菊池が楽屋へと誘導する。

「え？　何？」

すこし緊張のほぐれた亜弓は優しい声で訊く。つたない演奏を誉めてくれただけでもありがたかった。入賞者の発表までの落ち着かない胸の内をこの青年が慰めてくれる……前を行く背中を見つめて小さく微笑む。

「こっちへ来て」

楽屋の中へ押し入れられると、そこは誰もいないがらんとした殺風景な空間が広がっていた。まだ不安の残るつぶらな瞳が揺れる。

菊池の手が亜弓を引き、中央に寄せられた長机の前のパイプ椅子に座らせる。

「どうしたの？」

「忘れられなくて……会いたかったんです。でも、テーラーにはあのオーナーがいるし、君と二人になれるチャンスがなかったんだ」

「…………」

必死に思いのたけを吐露する菊池に亜弓がつぶらな目を見開いて聞き入る。解けない緊張できつく閉じた腿が強張りふくらはぎに力がこもる。深い前スリットから覗く膝小僧が震えている。

「それに、この前あんなこともあって……なんか会いにくくて」

（あんなこと）と言葉にされて淫らな映像が甦る。鏡に映る半裸の亜弓が不自由な腕を高く上げ、尻を突き出している映像を。

思い出すだけで、早くも蜜壺が収縮する。肉襞がもがき秘裂の奥がいじいじとする。

「ああ、亜弓さん、会いたかった……」

背後から抱きすくめる菊池が堰（せき）を切ったようにうなじに唇を這わせ、指を後れ毛に絡ませる。ふっくらした耳たぶをイヤリングごと舐め、口に含んで舌で転がす。冷たい金属と生温かい体温がまざり滑らかな唾液の中を泳ぐ。

「あん……」

ぐちゅぐちゅという唾の音が耳元に響く。卑猥な音に力が抜け、肩から腰にかけて身をよじり息を吐く。

光沢のあるドレス生地が腿の動きにつれてぬらりとてかる。腿と腿を擦り合わせ自ら割れ目を刺激する。腿肉が肉ビラの縦筋を圧迫し真珠粒に遠い刺激が加わる。

落ち着かない腰つきが菊池を一層煽り立てる。

「亜弓さん、腰が動いてるよ……ああ、ここも感じる？」

背後からふくよかな胸元に手が伸び胸の丸みを撫でる。

弾むような丸い玉がドレスの上から両手で持ち上げられる。柔らかい乳房が指の形にぐにゅりと歪む。意地悪な指は乳房の丸みだけを揉みしだき、生地の上からもはっきりわかる痛々しい突起には触れようとしない。

「う、う……ん、ふうっ、んんん……」

亜弓はこらえ切れなくてよがりを漏らす。唇を閉ざして耐えるのだが、腰から下は早くも蕩けそうに波打っている。

「亜弓さん……したかったんだ……もう我慢できないよ」

「うふぅ……ああ、だめ、誰か来たら……」

焦る菊池がスリットを捲った。

「いやっ……待って」

ラインに響くのでドレスの中は下着をつけていない。ステージ上での羞恥が心地よい緊張につながるのだ、と西園寺は含み笑いで強要した。もし手が侵入すれば、何もつけていないことを知られる……淫らな女だと思われるに違いない……困惑が亜弓をさらに焚き付ける。

亜弓が逸る手を押さえる。だがもう片方の手は、胸を弄ぶ菊池の手の上に添え自然と弧を描いている。

胸にとめた手は円状に回り手のひらの中心にあたる硬い粒を転がす。時折指先が思い出したように乳房を摘み引っ張ると亜弓は顔をしかめて唇を噛む。

弄るほどに突起は硬く大きくせり出し、弄ってくれと言わんばかりにしこる。

「あはあ……くっ、うんんん……」

下ろした両手はパイプ椅子の足を握り、上半身を反らせて指の悪戯に耐える。腰を軽く浮かせ、分からぬ程度に小刻みに揺らして座面に擦りつける。

上気する頬を見つめながら菊池がゆっくり前スリットから手を忍ばせる。

一瞬、ストッキングなしの生肌に驚いたのか菊池の手が止まった。

「ああん、ああ、だ、め、だめ……」

すぐそこに縮れ毛が触れることを予感する亜弓は恥じらいと昂ぶりで汁を滲ませる。

鳥肌立つ内腿を指がそろりと這い上る。それにつれて亜弓の股も開いてゆく。一度火がついた白蛇の懊悩は止めることが出来ない。

「え？」

疑問符とともに指先が止まる。

指が先端の細い毛に触れ、そこから充血した女陰にくすぐったさが伝わる。

「何も、つけてないの？」

「………………」

丸い顎がこくんと頷く。

「変な子だと思わないでね」

泣きそうな声で視線を伏してつぶやく。

「下着の線が響くからつけちゃだめって、オーナーが……」

「え、そんなこと？」

下着のことまで西園寺が指示すると知った菊池は激しい嫉妬に駆られ指に力を込める。

「あ、あん！　痛いっ」

指は秘肉にめり込みぬるりとした肉ビラの中をもがく。熱い汁が割れ目に広がり、ドレスの尻布まで濡らしている。

亜弓は抱き起こされて長机に上体を伏した。

「あうう」

今から何をされるのか、こんな小汚い楽屋で、いつ人が来るとも知れない場所で……もし西園寺に知れたら……禁忌の念が膣径を収縮させる。

菊池が乱暴にドレスの裾を尻まで捲る。シャンパンゴールドの花びらの中に現れた白桃は、さながら熟れた雌蕊のように重量感に溢れ、肉樹を奮い立たせる。

「いやあっ……恥ずかしい……見ないで」

「きれいなお尻だよ……後ろから挿れさせて」

「ああん、だめ、こんなところで……」

言葉とは裏腹に亜弓の腰はくねり、白桃が左右に揺れながら突き出している。

菊池がジッパーを下ろす無機質な音がする。

ただ待っているだけのこの数秒が永遠のように長く感じられる。尻を突き出し、肉棒に犯されるのを待つ淫らな下半身を思うだけで、さらに女陰は充血し、肉ビラまでもがじんじんと痺れてくる。

耐え難い沈黙のあと、温かい丸みが尻の割れ目に突き刺さった。

「あ……」

菊池の足が腿と腿とを強引に開かせる。尻から前へ滑り込む指が割れ目を確かめる。人差し指と中指の二本がぬるぬるの肉襞を掻き分けると、すぐにもぷつんと飛び出た豆が捕らえられた。

そこだけつるりと滑らかな薄皮に包まれた秘豆は、恥ずかしそうに震えながら菊池の中指にしごかれる。

「はあ！……あ、あ！」

激しい快感が太腿を這い上り、亜弓は爪先に力を込めて踏ん張った。思わず大きなよがりをあげてしまい耳まで赤く染める。

誰も来ないと思っていても、もし声が漏れたなら……亜弓は唇を閉ざして耐える。

指の摩擦につれて尻が高々と持ち上がり、指が一層動き易くなる。

「そこ、ああん、そこぉ！」

クリトリスを擦られて思わず掠れた小声で応える。弱い姫豆を責められ、机に伏したまま腰から下だけを前後に揺らす。指の腹がもっと摩擦するように、もっと早く擦りたてるように、自ら腰を揺すってしまう。

「ここがいいの？　お豆さんが好きなの？　ああ、もうこんなに大きくしちゃって」

「言わないで、ああっ、そこ、あ、あ、あ、あ」

指の振動で声まで震えてしまう。

「ああもう、クリトリスがこんなに勃起してる！」

中指がすばやく上下に擦る。生皮の秘豆が擦られてぷるんと揺れる。

「は、う、うぅ！」

声を我慢しようと腕を噛む。

ノの字竿が穴を探して何度も肉ビラにぶつかる。前の割れ目へ続く道は牝汁でぬめり、すぐにも女穴へ滑り込みそうだが、上付きの亜弓の穴はなかなか見つからない。竿を突き立てる度に間違って菊の門に挿してしまう。

「そこよ、ああ、もっと前……」

違う肉を突付く度切ない声をあげる。焦れた亜弓は自ら両腕を後ろに伸ばし、手指で尻の山をぱっくりと二つに割ると、健気(けなげ)にも穴の在り処を示す。生々しいピンク色の花びらが開き、呼吸につれて収縮する。汁にまみれた貝肉の割れた中に縦長の穴がちょっとだけ顔を出す。上付きの穴は遠慮がちに半分だけ顔を出し、精一杯指に引っ張られている。

「ねえ、……して」

菊池が尻をぐいっと持ち上げ前方にある壺口を指で捜した。二本指がまさぐると、泉はとろりとした熱い粘り汁を湛え、縦長に口を開けて呼吸に合わせてひくついている。

「亜弓さん、ああ、ここ、ここだねっ！」

「うふう……そこよぉ、挿れにくくてごめんなさい」

申し訳なさそうに呟くいじらしさに、菊池は太い棒をより張らせて蜜口へ突き立てた。

ぬちゃりと粘っこい音がする。

丸い亀頭がほんの少し刺さり、膣口が逃がすものかとばかりに締め付ける。

「熱い……熱いの……そう、そこ、そこよぉ」

「挿れるよ！」

それを合図にぐいっと下から差し込んでくる太茎は、柔らかい膣の内壁を逆撫でながらずぶずぶと奥まで潜り込む。

「んんんっ！　あうう、すごい……」

唇を当てた腕は歯形で赤く凹み、内出血している。

上付きの膣は四方から締め上げぎりぎりと竿を捻じ上げ、無数の襞が吸い付いて離れない。

「うあっ……ああ、すごいよ、亜弓さんすごいよ」

激しい締め付けに動けない。狭い膣はいっぱいになり、根元まで押し込むとマラの先が子宮にぶつかった。

「ああん痛い……ああ、すごいわ、すごい、奥まできてるう！」

「子宮まで貫いてあげるよ、なんならもっと奥まで挿れようか」

菊池は言うが早いか、絡みつくイソギンチャクに抗って太い茎を抜き挿しした。ぐっちゅぐっちゅと破裂音がして、出し入れの度に本気汁が掻き出される。膣口まわりには牝汁が泡を吹いて溜まっている。

上体を長机に押し付けられがくがくと頭を振る。半開きの唇から垂れた涎が机に糸を引く。

アップにした黒髪はほつれ、カールした後れ毛が汗で首筋に張り付いている。

「ああっ、だめっ、中が壊れちゃうぅ……」

逃げないように固定された腰が音を立てて速射を食らう。

亜弓の太腿が震えヒールがぐらつく。しっかり伸ばされた二本の足は床に突っ張る。

熱い棒がミミズの寝床に逆らい摩擦を繰り返す。細かい無数の肉襞がうねり、羽を開いたカリに掻かれる。若い子宮は弾力に満ち、マラの先を撥ね返す。

「ああ、中が、中がいっぱいよぉ……！」

昂ぶってきた亜弓の膣はきつく狭まり、中から棒を押し出しそうな勢いで収縮する。

菊池は抜けないようにと強く押し込むので、亜弓の全身が前のめりになる。激しいピストンを受け体はずり上がり、内腿に汁が滴る。

牝汁の多さに竿がぬるり、と外に抜けてしまいそうで、菊池はマラの根元を慌てて素手で拭った。

体の揺れで垂れるドレスの裾を何度も持ち上げるが、指先や腿についた汁が光沢ある生地に染みになる。水分を含むと広がりやすい生地なのだろう、点だった染みが一〇円玉大に広がっている。

「あん、イかせて……ああっ、もう足が立たないわ……お願い、もう許して……」

涙まじりの声をあげ亜弓が振り向こうとする。身を捩る際に布が引き攣れベアトップのドレスから豊満な乳房がこぼれ出た。

突き上げる度に弾む胸の先は、直径三センチほどの乳輪が硬く寄せ集まり豆粒が赤黒く尖っている。クコの実は揺れにつれて机に擦れ、亜弓は泣きそうな顔で責めを受けている。

「ああん、お願いっ、もう、もう！」

牝孔が締め付け壺壁が痙攣を始める。アクメはすぐそこまで来ている。

菊池は汗でぬめる女体を両手で摑み、狭まる穴に速射を食らわせた。マラの裏筋を痛むほど擦り付ける。

腹と尻のぶつかり合う乾いた音が楽屋に響く。カリが開き膣径の畝を掻き、こびりついたゼリーを抉り出す。じゅぽっ、じゅぽっと淫らな音がして、桃尻に食い込む長机の縁には牝汁の飛沫がこびりつく。

内腿から尻穴にかけての女陰が本気汁でぬらぬらと汚れ、薄紫のすぼまりが呼吸するように開いては縮まる。だが、太い肉樹を奥まで挿し込まれては、締まりの良い菊花も緩んでしまう。縦皺が薄らみ、肛門の穴が開き中の緋肉が捲れて覗く。愛らしいすぼまりは卑猥なほど肉を見せつけ今にも開こうとする。

「あうう、ん、ん、ん！　アソコが壊れちゃう、オマンコが、壊れちゃう！」

亜弓の痴語に玉袋が上がり茎全体が最大限に膨張した。

「イ、イく、イく、あああ、イくう！」

「う、うああっ……！」

菊池が慌てて腰を引く。竿を亜弓の背に乗せて突っ伏すと、竿先から溜まりに溜まった白濁液を飛び散らした。

黒髪に、背中に、尻の割れ目に、欲望にまみれた濁り汁がねっとりとこびりつく。亀頭の先からは不思議なくらい後から後から精が放たれる。

「う、うう、ふっ」

ビクンビクンと尻を震わせ、背中にスペルマを吐き出す。生暖かい白濁液はところどころに水溜まりを作り、表面張力で震えている。

「ああっ、ごめん」

「はああ……」

動けない亜弓はほんの少し首をねじって菊池を見上げた。

背中からつーと二の腕を伝う温もりに指を伸ばす。

「はあん、すごい……」

二の腕にかかったとろみ汁を掬うと、亜弓は目を閉じてうっとりと指先を口に含んだ。

3

背後のドアノブを回す音に菊池が振り向く。

施錠していなかったドアの向こうにはグリーンベルベットのドレス姿の琴音と西園寺が目を見開いて立っていた。

尻を捲り上げたままの亜弓は困惑の表情を浮かべる。まだ太腿に残る快感の余韻がヒールの足をがくがく震わせ立つのがやっとだった。

菊池もまた、放り出したペニスの先から白い濁り汁を垂らして、亜弓の背や桃尻に飛び散ったザーメンをどうすることも出来ずにいる。

「何をしている」

西園寺の怒りに震えた声ががらんとした広間に響く。琴音が楽屋のドアを閉め内から鍵をかけた。誰にもこの痴態を見られまいと咄嗟に施錠する。だが、その顔は早くも上気し、あられもない男女を目の当たりにして羨望と恍惚の表情を浮かべている。

「何をしていると聞いているんだ亜弓。お前はという女は……こんな時に！」

西園寺は大股で近づくと菊池を押しのけ、ドレスの裾を戻し尻を隠すと、髪を引っ摑んで長机から引き剝がし、上体を起こさせた。

「スキモノめが！　こんな大切な日にまで男とやりたいのか！」

「ごめんなさい！……ごめんなさい！……」

「背中についている白いのはなんだ？　この男の精液だろうが？」

亜弓は点々と飛び散る染みだらけのドレスをたくしあげ胸元を覆うと、何も言えず下を向いている。

「そんなにやりたいのか？　隠れるようにこそこそと……お前は一日中突っ込まれていないともの足りないのか？」

「ち、違いますおじさま……そんな……」

「まだ足りんだろう、お前のような貪欲な穴は、もっと抉って欲しくて堪らないんだろうが！」

西園寺はリノリウムの床に亜弓を仰向けにすると、周囲の目をものともせずにドレスの裾を捲り上げた。スリットからすらりとした足が伸びる。

見下ろす琴音と菊池の視線に耐えかねて、亜弓は床の上で手足をじたばたとさせる。だが、腹にのしかかる巨体にはかなわない。

大きな手のひらがぐいと鳩尾（みぞおち）を押さえ、片手で太腿を立てさせる。スリットはぱっかりと割れ、下着をつけていない下腹部があらわになる。秘所を覆うものといえばうっすらと生える毛だけだった。縮れ毛はしっとりと濡れそぼり、筆先のようにしんなりと束になっている。

まだ濡れている亜弓の割れ目をぐいぐいと中指がまさぐりはじめる。

「いやっ、おじさま！　いやっ、お願い、許してぇ」

「なんだ、この汁は！　俺のが欲しくてもう濡らしているのか？　それとも、あの男のせいか？　言え！」

ごつい指先に付着した亜弓の粘り汁を見せ付けて、怒号が響く。

「ああん……あ、亜弓の……お、お汁です……おじさまにして欲しくてもう漏らしてしまいました……」

泣きそうな声で観念した亜弓が答える。だが、痛々しい中にもどこか悦びの色さえ覗かせる。

「そうか、このオマンコはスキモノだな。欲しいのか、俺のがいいんだな。こんな場所でこんな格好で犯されたいんだなぁ、そうかそうか……亜弓は欲張りだ」

憤りが喜悦に変わり満足そうな笑みを浮かべ、西園寺が早くも勃起している老竿をズボンから取り出す。グロテスクに血管の浮き立ったどす黒い太幹は、亀頭の先から我慢汁を光らせて天を向いている。

「挿れてやろう、お前の大好きな棍棒だ。亜弓のいやらしい姿をみなさんに見ていただこうじゃないか。ほら、もっと開くんだ」

西園寺は亜弓の腿を左右に開き、股関節が脱臼するほど押しやった。まるで潰れた蛙のような格好に耳まで紅潮する。床に仰向けのまま体を開かされ、ドレスからはみ出た乳房を揺らしながら指姦に耐える姿を見られ、割れ目から熱いとろみが溢れ出す。

ごつい指が秘所を覆う毛を掻き分けると、中に埋もれる赤貝のような肉ビラを捲って見せた。貝肉は生々しいピンク色に濡れ、やや上に小さな突起粒が宿っている。

白熱灯の下に晒された牝陰は、濡れそぼった茂みの下に赤々と口を開け淫棒のねじ込まれるのを待っている。縦長ひし形に開いた紅の亀裂には濁った液が溜まり、膣口は亜弓の呼吸とともに収縮を繰り返している。

西園寺の親指が乱暴に可憐な真珠粒を擦りたてる。淡いピンク色の小粒は艶やかにぬめり、ぷつんとせり出している。貝肉を捲られたために徐々に表皮が乾燥してくるのだが、荒れた指先が無理やりしごくので、痛々しく引き攣れてしまう。

「あふう、ううん……ああ、おじさま、あ、あ、あ」

亜弓はM字に開脚したまま唇に手の甲をかざし顔を隠そうとする。感じている顔を見られる辱めに耐えられない。仰向けのまま下半身は西園寺に委ねても、顔はよじって隠そうとする。

「ふふん、亜弓のクリトリスは感じやすいなあ。ああ、もうイきそうだろう、腰がこんなに動いてる」

亜弓は床に打ち付けるように腰を上下させ、クリトリスが親指に擦れるように動かしている。何も突っ込まれていない蜜壺は、哀れなほど露を滴らせ空洞を狭めている。

「お汁だって、もう溢れているぞ」

西園寺は中指を立てると密壺めがけてずぶりと挿し込んだ。肉襞を押し分け根元まできっちりと捻じ込む。中でくいくいと指を動かすのが外からも分かるほど、亜弓の秘部の薄肉が中から盛り上がる。

「あ、あ、あ、あああああ！　うう、ん、イきそうっ！　イきそうっ！　亜弓、変になりそう」

「ここがいいのか？　天井がざらざらしてるぞ、亜弓のオマンコは絶品だな。指がいいか？　アレを突っ込んで欲しいか？」

もったいぶる指が執拗に天井を穿つ。Gスポットを直撃された亜弓はあられもなく腰をバウンドさせる。肉付きのいい尻がたぷたぷ揺れて、中に潜る指を折らんばかりに上下する。

西園寺が指を激しく抜き挿し始める。親指の腹をクリトリスにあてがい中指は牝孔に突っ込む。太い腕ごと動かして摩擦する振動に、亜弓の体が揺れる。突き出した顎は揺れ、豊かな乳房が弾む。ぐちゅぐちゅという破裂音に、壺の中で新しい汁が湧いているのが分かる。

「いやあ、音が、音がするう……ああん、いいの、中がきゅんてなるぅ」

「するだろう、お前のいやらしい音が。ほうら、みんな聞いているぞ」

「いやあ！　言わないで」

言葉では抗いつつも下半身はしっかりと前後に揺れ指の動きに合わせている。

太い指は根元まで捻じ込んでは抜きを繰り返し粘膜の中でもがいている。

「ひっ！　あ、あ、あ、おじさま、挿れてぇぇ！　早くっ、欲しいの、中に、中にください！」

「まだまだだ」

西園寺は薄気味悪い笑みを浮かべて亜弓の顔を見下ろすと、ぬめる蜜口から人差し指も捻じ込んだ。

粘膜を擦り無理やり押しこむ指に、膣穴がぎゅうと締め付ける。

「ひいいん、うぐう、ん、ん、ん、うはああ」

愛らしい唇から言葉にならない卑猥な叫びが漏れる。

経験の浅い穴は指を二本も突っ込まれ、裂けんばかりに口を開き懸命に呑み込んでいる。

若い筋肉はよく締まり、狭い恥骨とともに指を圧迫する。

西園寺はクリトリスを擦っていた親指を浮かせ、壺の中だけを突付き回す。

「あんっ、ああん、して、お指……して」

もう少しでアクメに達しそうな亜弓は肉芽を擦って欲しくてたまらない。

白い指をそっと腹の上から下腹部へと這わせ、気づかれないように縮れ毛の上に添える。

爪先が焦れたように割れ目を掘り、クリトリスまで伸びては躊躇する。

オナニーなんて卑しい真似は出来ない、でも、もうちょっとで達することが出来るのに
……指先に力がこもり柔らかな肉ビラを傷つけそうになる。

「なんだこの指は、自分でするなんてみっともないぞ」

西園寺が手を撥ね除ける。菊池や琴音の前で見下され、亜弓は恥ずかしさのあまりきつく穴をひくつかせた。

「そうか、欲しいのか？　うん、このオマンコはもっと挿れて欲しいのか」

残酷なまでに冷淡な笑みを浮かべる西園寺は薬指をも添わせ、ぐいと秘肉に突き立てる。

三本目が秘肉にめり込み、きつい穴口を削るように爪が粘膜を遡る。

「うぐうう！」

さすがにきつい締め付けに、西園寺の方が声をあげる。

亜弓の牝孔は、いくらでも呑み込みそうなほどやわやわとふやけ、蜜を滴らしている。三本の指が汁にまみれて壺の中を泳ぐ。熱い粘膜が指を軸にとぐろを巻く。

「あ、あ、あ、あ、ああああ！」

腕ごと突っ込んでくる西園寺に華奢な体が揺れ、あえぎが途切れる。白いふたつの椀が弾み頂の赤い実がそそり立つ。

「はうう！」

指を一気に抜いた西園寺は紅潮した顔をこちらに向けてにやりとすると、その指先にこびりつく本気汁を見せ付けるように掲げ、菊池に声をかけた。

「どうだね、亜弓は色狂いした牝なんだ。驚いたろう、俺のような年寄りの竿にしゃぶりついてハメる卑しい女なんだ。交わっているところを見られて悦んでいるのさ」

「ああ、おじさま……言わないで」

すすり上げながらかぶりを振る亜弓の首筋に後れ毛が張り付いている。

横で見ていた琴音は息遣いを荒くし耐え難そうに表情を歪めると、グリーンのベルベットの上から股間に手を這わせていく。亜弓が犯されているのにあてられて、腰から下は小さくくねっている。

亜弓を組み伏しながらも、西園寺は発情する琴音を見逃さなかった。

「なんだ、琴音。お前も欲しいのか？　姉妹そろってスキモノだな」

「お、おじさま……琴音にもください……もうアソコが火照って、中からお汁が溢れています……」

琴音は服の上から股間を押さえると目を閉じた。指先が秘部の縦筋をなぞりはじめる。

「亜弓、どうする？　俺の竿を琴音に先にやろうか？　それともお前の穴が先か？」

「くっ、くださいっ、亜弓に、ああ、太くて硬いので掻き混ぜてください」

「……さっきあの男のモノを咥え込んだくせに、もう我慢できないのか。いいだろうキツいのをぶち込むぞ。琴音、お前はこの男のでイかせてもらいなさい」

西園寺が挑むような目で菊池を見た。老体とはいえ竿は現役だ、性技では負けない、とでも言いたげな視線を投げ、余裕で亜弓の腰を持ち上げ太い竿を深々と沈めていく。

「あっ、あっ、あっ……はあっ、入る、入るぅ！　あああぁ！」

亜弓が手を宙に浮かべ老体を摑む。爪先が背肉に食い込み赤い線を引く。

ずっさずっさと重い体が華奢な柳腰を軋ませながら手荒に茎を押し込んでいく。開かれた白い足はその都度揺れ、太い西園寺の胴回りのために一八〇度ちかくも開脚させられる。

「あっ、あうっ、うぐうっ……！　はあっ、お、おじさまっ！　いいっ！　もっと、もっとぉ！」

ふたつの肉がぶつかり合う横で、琴音が菊池の棒にむしゃぶりついた。

ザーメンを放ったままほうり出していた肉幹は、亜弓の痴態にそっくり返っている。幹を取り巻く血管は卑しく脈打ち、亀頭に先汁の粒が宿っている。

「むふうっ……んんっ、ああん逞しい……さっき出したのにもう大きくなっちゃうのね」

股座にしゃがむ琴音は愛しそうに舌を伸ばし赤黒い茎を舐める。唾液に濡れた舌が先を尖らせカリの周りを丁寧になぞってゆく。カリの出っ張りの裏には亜弓のゼリーが生々しくこびりついているのも構わず、琴音は根こそぎ掬い取ってゆく。

「んふ、おいしい」

丸い唇を亀頭に押し付ける。ロリポップキャンディを舐めるように、丸い亀頭のぐるりを唇で覆う。先汁を掠めた上唇に透明の糸がひく。

淫茎への長いキスのあと、薔薇の蕾に似た唇がぐにゅりと押し開き、グロテスクな棒を呑み込んでゆく。尻のすぼまりを思わせる縦皺の寄った唇がぽっかりと開き、舌を添えて喉奥にまで肉樹を送り込む。

「う、う、あ……だめだよ、あ」

思わず腰を引く菊池に細い腕が絡みつく。

頬をすぼめ竿を吸いあげると真空圧がかかり肉樹の硬さが増すのが内頬に伝わる。

「うっ、こ、琴音さんっ、ああ、そこ……」

感じやすい裏襞を摩擦され、竿が跳ねて内頬を打つ。

「うふん、塩辛い……お汁が出てる……もう感じちゃってるのね、菊池さんのオチンチン」

乱れたルージュが溜息をつく。名残惜しげにカリを吸い上げると、舌先でゆっくり丸みを味わってから竿を抜いた。ポンと軽い音とともに硬い竿がしなって飛び出る。

唾液にぬらぬらと黒光りするグロテスクな肉樹にうっとりすると、また呑み込む。

菊池はたまらず艶やかな髪を摑むと美顔に腰を打ち付けた。

「んぐ、んぐ、むむう……んっ、んっ、んっ！」

めちゃくちゃに突っ込んでくるペニスが喉を穿つ。硬い茎が臼歯や内頬を連打する。こみ上げる吐き気を堪え、粘膜を破らんばかりの杭を受け止める。

まるで膣穴に挿し込んでいるような錯覚がマラを包み、精が込み上げる。

器用な指が玉袋を転がし、ふぐりから尻への筋を爪先がくすぐる。右手は割れ目に潜らせ牝汁まみれのクリトリスを弄っている。

「……ああああっ！　おじさまっ、ああ、イく、イく、イくうっ！　もう、壊れちゃう、中が、中がいっぱいなの！」

亜弓が声をあげる。

白いふくらはぎを西園寺の肩にのせ、女陰を天井に向けるマングリ返しで上から挿し込まれて叫ぶ。下腹部のぶつかる乾いた音にぐっちゅぐっちゅと本気汁の破裂音が重なる。

狭い楽屋は床に滴る牝汁の酸っぱい匂いで充満する。

絶頂に向かう亜弓の痴態が視界を占め、菊池は慌てて琴音の口から竿を抜くと、ベルベットのドレスを捲り上げ緋色のパンティをずり下ろした。

鮮やかな赤が白い肌を一層艶めかしくする。

「ああん、欲しいの？」

リノリウムの床に腰を落とした琴音は、深いグリーンから突き出る生白い足を開いて迎え入れる。ふくらはぎに引っ掛かるパンティのサイドリボンが揺れて床に垂れている。

「ああ、来るのね……ああ、早く、中に、中に挿れてぇ……」

急いた菊池の手が細い紐を引き摺り下ろす。片足を外しパンティを脱ぐと、くしゅくしゅの布が床に散った。紅い花はその船底の中央だけ透明の粘り汁で汚れている。

「ああ、べちょべちょだ」

手にとったパンティで顔を覆う。酸い匂いと冷たい粘りが鼻頭にこびりつく。

「や、ん……」

濡れた船底を匂われる恥ずかしさに身を捩る。赤い生地にはじっとりと汗やおしっこや本気汁が練り込まれている。それに、そのパンティをつけたまま昨夜夫の隆一に犯された。背中に散ったザーメンが緋色の布にまで付着したとは思えないが、雄の匂いを感づかれはしまいかと、気が気でない。

「ねえ、ねえ、こっちに来て」

早くパンティを放して欲しい。臭いやぬめりを知られる恥ずかしさが、さらにお汁を湧き出させる。生身の女体を眼前にしながらパンティに欲情する菊池に、琴音は焦れて尻を振る。生まれたままの下半身が床から浮いて艶かしくくねる。

「ちょうだい、早く……」

言われるがまま這い寄る菊池は、M字の谷間に腰を沈める。充実したペニスをあてがうと、柔肉が竿に巻きつき中へ引き摺りこむ。一突き、二突き、除夜の鐘の如く腰を突き出すと、三度目にずぶりと挿し込んだ。

「はうう！」

琴音は肉付きのいい背を仰け反らすと、白い喉を見せて震えた。

横ではいやらしい音を派手に立てて西園寺がストロークを続ける。

亜弓は自身の足首を摑み女穴を委ねる。アクロバティックな体位に老体が打ち付けるので、骨が軋まんばかりに亜弓が弾む。

菊池は根元から亀頭の先まで大きく抜き挿しを繰り返す。壺からは女汁が溢れ、マラが滑って飛び出しそうになる。

「ううん、もっと、もっとお」

抜け出る竿を放すまいと、膣口と襞と子宮あたりの三段がぎりりと締めあげる。絡み付く襞はまるで動物の毛足のようにざわざわと肉棒を逆撫でて刺激する。

「うう、う！　ああ、琴音さんっ！　中が、い、いよ、すごく……気持ちいいよ」

圧迫された棒ははちきれんばかりに太くなり、カリ傘は開き襞々に溜まるゼリーを掻き出す。じゅっ、とみずみずしい音がして淫汁が陰毛にダマとなる。

蜜壺の内から肉がせり出し竿を押し出す。抜けそうになる竿を押し返し腹を打ち付け陰部を摩擦する。開かれた女陰は肉ビラが捲れ、敏感なピンクの豆が菊池の下腹部に痛いほど擦れる。

ヴァギナと秘豆の二箇所を刺激され、熟した女体は太腿をつっぱり昂ぶってゆく。

「イ、イぐぅ、イぐぅ……亜弓、もうだ、め、ああ、おじさまっ、イぐう！」

足首を摑む爪が白くなり皮膚に深く食い込む。足指に力がこもり何かを摑もうと指先を丸める。

「亜弓、中に出すぞ」

「はいっ、熱いの……く、ださい、あ、あ、あ、イぐ、イ、イ、ぐうう！」

負けじと太腿を抱き寄せ菊池の杭を受け入れる琴音が、一つ遅れて声をあげる。

「オマンコが、ああ、中がいいのっ！　もうイく、イくイくイ、イ、イ……くぅっ」

縦穴が裂けるのも構わず竿に委ねる。痛みすら快感に変わりヴァギナが痙攣する。背中に絡み付けたふくらはぎが胴回りを締め付ける。

「あ、あ、出る出る、出るよぉっ！　う、う」

膨張した肉樹を根元まで深々と押し込むと、竿を抜く暇もなく尿道からザーメンが赤い肉襞に飛び散った。

「はあん……」

ぐりぐりと陰部を押し付けられ、女体が上へずり上がる。時折菊池の尻がビクンと振れると、竿が跳ねて膣に残り汁を吐き出す。後から後から湧くスペルマを呑みほそうと、粘膜が纏わりつき、きゅうと絞りあげる。

まだ足首を握り締めたままの亜弓は、亀裂から粘った白濁液をこぼし、尻の割れ目へと細い白線が垂れている。

西園寺は愛しそうにスペルマをこぼす膣の口に指をあてがい、何度もこねくり回しては、

「いい壺だ。俺の精を搾り取る淫らな壺だ」

と笑みを浮かべる。

「あん……あ、あ……抜いちゃいや……」

腰を引く菊池に合わせ腰を浮かす琴音は、結合した穴口に手を伸ばす。膣の痙攣は止まず、小さな快感が何度も押し寄せては竿を圧迫する。

「さあ、次は琴音だな」

亜弓の壺を弄る指を抜き、西園寺がのっそりと巨体を動かす。床に寝そべる琴音の顔に腰を落とし、馬乗りになる肥満体がまだ硬い竿を唇に嬲(なぶ)りつける。

「はあん、あん、あん」

紅い舌が竿を追って左右に伸びる。頬に顎にぶつかる竿で美しい顔が淫汁に汚れる。

ようやく捕らえた亀頭を美味しそうに咥えると、身を起こして喉奥に呑み込んでゆく。

4

「ああ……ん」

絡み合う醜態を尻目に、亜弓は首だけを菊池に向けて床に転がっている。しなやかな体を丸め、足首を摑んだまま揺れている。

菊池の目の前で西園寺に犯されるという恥辱を舐め、華奢な裸体にはもはや隠すものは何もない。巨根を突っ込まれ、まだひくつく膣の乾かぬうちに、早くも芯棒を差し込んで欲しくてたまらない。

「ねえ、ねえ」

先ほどまで、楽屋で恥じらいながら尻を差し出していた亜弓とは別人のような淫らな笑みを浮かべ菊池を誘う。

隣でこれ見よがしに嬌声をあげる琴音が羨ましく、子宮の奥が疼いて仕方ない。

「ちょうだい、お願い、ここがたまらないの」

白い指が縮れ毛に埋もれる柔肉の谷間をすーっと撫でる。掻き乱された割れ目はゼリーでぬるぬるとてかり、指を挿れればすぐにも第二関節まで呑み込んでしまいそうだ。

「ねえ、お願い」

恥じらい深いつつましやかな亜弓が、自ら欲情して求める姿に、菊池の竿は三度奮い立った。すでに二度も放水しているというのに、赤黒い肉棒はグロテスクに頭をもたげる。

「あ、亜弓さん」

「はぁっ……素敵、もう大きくなっちゃってるわ」

口を丸く開け、突っ込んでくれとばかりに喘ぐ。赤い唇に白い歯が覗き、時折ピンク色の舌が生き物のようにぬめっている。

「ねえ、欲しいの……」

足首を摑んでいた手を解く。ほっそりとした腕が花びらのようにひらき、中から真っ白な裸身があらわれる。膝を立て、腰を床から浮かせてはくねらせ、菊池のほうをじっと見つめる。まるで遊女のような艶かしい眼差しに、菊池は吸い寄せられてゆく。

「ねえ、ちょうだい、亜弓にもっとちょうだい」

開いた胸には薄紅色の愛らしいぽっちりがふたつ、並んで咲いている。今まで別の男に辱められていたと思えぬほど清らかな女体は、だが同時に男を捕らえて離さない毒気を含んでいる。

「ああ、恥ずかしいよ、僕」

遠慮なく屹立する竿を手で覆い、膝立ちでにじり寄る。ベルトを外したズボンからにょっきと顔を出す滾りには、早くも露が宿っている。

「うれしい……こんなに硬いの」

伸ばした指先が竿をつまみ、充実ぶりを確かめる。親指を亀頭にあてがい、透明の汁を塗り広げていくと、象の鼻はビクンと振れて手から逃れようとする。

「うあ……」

ゆっくりと身を起こした亜弓は四つん這いで菊池に近寄ってゆく。下を向いた擂鉢状の豊かな乳房が揺れている。

「んふ、かわいい」

亜弓は手の中のペニスをうっとりと見つめると、唇をすっぽりと被せた。塩辛い味が口中に広がり、開いたカリの裏に溜まった琴音のゼリーを舌で掠り取る。

「あ、だ、だめだよっ」

菊池はティッシュで拭いてもいない竿を咥えられうろたえる。卑しい汁を吸われる恥ずかしさが込み上げて、思わず尻を引いてしまう。

「あんっ、ちょうだぁい」

ポン、と音を立てて逃げた樹を物欲しげに目で追う。白い足を毛むくじゃらの腿に絡めると、そのまま騎乗位になり菊池を見下ろした。

屹立する竿先に割れ目をあてがうと、何度も往復で擦り付ける。ぬるぬるとした汁にまみれて、竿はクリトリスの上を何度も滑る。

四つん這いで被さる亜弓の乳房が菊池の鼻を打つ。菊池は手を伸ばして白い饅頭を掴むと、赤すぐりに吸い付いた。

「あんんっ」

腰の動きが止まり、秘め豆に竿を触れたまま、尻がゆっくりと弧を描き始める。敏感な乳首を責められて、クリトリスはますます膨れてしまう。女陰が捲れ、小さな肉芽が剝ける。そのまま擦り付けていると、太腿に痺れるような快感の波が這い上り、すぐにもイってしまいそうになる。

「ううっ、だめだ」

ノの字にそっくり返った幹は、裏筋を擦られて早くも気持ちよくなっている。

亜弓は歯を食いしばる菊池を嬉しそうに見下ろすと、腰を上げて指で割れ目を開き差し出した。丸々と膨張した亀頭が女淫にぶちあたり、緋膜を押し込んでくる。二度三度するうちに、やわやわとした女裂は口を開き弾頭を呑み込んでゆく。

膣口はまるで肉棒を食むかのようにリズミカルに収縮し、締め付ける。亜弓の白い尻が静かに下りて、筋肉質の腹の上に座る。

亜弓は密着した陰部どうしを擦り合わせ、一分の隙も埋め尽くさんとする。硬い異物が女体を貫くようにまっすぐ捻り込まれ、粘膜が一斉に騒ぎたてる。ミミズの群れのような膣壺は、愛しい玩具の侵入に悦び纏わり付いてゆく。

「うああ、亜弓さんっ、締めるよ」

動きのとれない菊池が、腰を突き上げて抗う。そのたび丸い亀頭が子宮口にぶつかり、コリッと、なにかが弾ける感触が中で広がる。くすぐったいような違和感が内臓を震わせ、目に見えぬ粘膜が壊れそうな気がして怖くなる。

「あんっ、なぁに、これっ、中が、中が弾けてるぅ」

「子宮にあたってるよ、丸い壁みたいなのがある、ああ、こんな奥まで入ってるんだね」

菊池は、ペニスは此処だと言わんばかりに腰を突き上げる。

「はあっ、あ、あ、あ、なんか変な感じ……壊れちゃいそうう！」

初めての快感が下腹部から胃にかけて這い上る。硬い異物で奥を抉られるような浮遊感が腰を砕けさせる。下から断続的に揺さぶられて、胸の丸い果実が跳ねる。

亜弓の指がへそ下を撫で、そこにあるペニスを夢想する。まるでそこだけ縦長にふくらんでいそうで、形を確かめようと指先に力を込める。

「あん、すごいっ、奥まで、奥まできてるう」

痴語を口走り昂ぶってゆく亜弓を目の当たりにし、怒張はさらに太く硬くなる。

淫らな亜弓の姿に、竿は先汁を滴らせてもがいている。華奢ながらも肉付きのいい腰に指が食い込み、逃げないようにがっしりと抱き寄せる。

「あ、あ、あ」

味わったことのないポルチオの快感に、亜弓が背を仰け反らせて喘ぎ始める。片手を後ろの床に着き、片手はじれったそうに縮れ毛の辺りをさまよう。しっとりと濡れた毛が指に纏わりつき、充血した秘所はすぐにも割れて貝肉の紅を晒した。

歯を食いしばる菊池には見られていないと思い、亜弓の指はぬめった姫豆をなぞりはじめる。しなやかな指が急いたように縦筋に弧を描く。

「なんていやらしいんだ、自分でするなんて」

下からの声に我に返った亜弓の視界には、顎をひいて淫らな指先を見つめる菊池がいた。

「あん、見ない、で」

「どうしたって見えちゃうよ！」

甘えた声が、突き上げに震える。見られた恥ずかしさに膣がわななき、メリメリと音を立てて竿を締め付ける。肉茎を挿し込まれた壺口はめいっぱいに膨れ上がり、寸分の隙もない。ただ中から滲み出るジュースが潤滑油となり、どうにか抜き差し出来ている。

「亜弓さん、そんなことされたら、もう、もう」

「だって、ここが……あんっ、いいっ」

柳腰がゆらりと弧を描き仰け反った。八の字に開いた白い腿の間に突き刺さる赤黒い棒がある。ゼリーにまみれ妖しく光るドリルが、再び亜弓の中に潜ってゆく。

菊池は足を立てて、腰を上下した。まるで馬に乗る貴婦人のように亜弓の体がリズミカルに弾む。

「あんっ、んふうっ、は、あ、あ」

指が弦を弾くように肉芽を掻き鳴らした。楽屋の蛍光灯の下で、剝き出しの秘所は摩擦で生々しいピンク色に染まっている。

「見えるよ、クリトリスが大きくなってる、ああ、気持ちいいんだね」

「いや、いや、いやあ」

今や腹の上で揺られているのは貴婦人ではなく、淫らに堕ちた妖婦だった。あの制服に身を包んだ楚々とした面影はなく、性技の限りを教えられ馴らされた女が悦びに腰をグラインドさせ、胸を弾ませている。

ぷっくりと芽を吹いたクリトリスが、摩擦でひりひりと痺れる。開いた腿に快感の波が這い上り、微細な電流が流れる。

「亜弓さんっ、もう、もう」

「だめ、まだ、もっと、もっと、もっとよぉ！」

我儘な姫は発射を許すまじ、と腰を前後に打ち付ける。焦らすほどに昂ぶることを知っている女体は、菊池にも自らにも我慢を強いる。

「だめだっ、ああっ、で、で……」

「……はううっ！」

亜弓のクリトリスを掻く指が止まった。

二人は同時に鋭い稲妻に打たれると、身を強張らせて動かなくなった。

熱いほとばしりが尿道を駆け上り、狭いヴァギナの中に射精する。

「うっ、あ……」

菊池はピクンと尻肉を震わせて、二度三度と吐き出す。白い腹に杭を刺し込んだまま、床に背を反り欲情を掛けつづける。

「あ……ん」

深い快感の波が押し寄せ、竿を軸にしてふたつの肉が絡み合う。ねっとりと濃い濁り汁が膣を満たしてゆく。

「かけて……熱いの、いっぱい……」

愛欲の泉に、白濁汁が注ぎ込まれる。亜弓は吐き出された精を一滴たりとも漏らすまいと、膣径を締め付けた。


「いいわねえ、亜弓。いつの間にそんなに淫らな娘になったの」

西園寺に組み伏され、床に腹ばいになり尻を突き出す琴音は、太根を受けながらうっとりと声をかける。

「いやだわ、そんな。お姉さんこそ、体中からいやらしい匂いをさせているんじゃないの」

「匂い？」

「だって、ほら携帯が鳴っているわ、あの着信音はお義兄さんでしょう」

「え……」

隆一は接待ゴルフに出かけている。今頃コースを回っている筈だが何を嗅ぎつけたのだろう。

「なんなんだ、琴音」

西園寺が姉妹の内緒話に焦れて、太茎を激しく抜き差しして苛めてくる。嫉妬深い夫に曇らせた眉間も、狂おしい抽送にすぐさま陶酔の表情に変わる。

「んんんっ！　ああっ、おじさまっ、もっと、もっとください……」

エピローグ

「何もしなくていいの。お客様なんてめったに来ないからずっと譜読みが出来るのよ」

亜弓は、身を硬くする新入生に笑顔でアルバイトの説明をする。清楚な娘は小さく頷くと、通されたテーラーの二階でもの珍しそうに生地の山やタイピンを眺めている。前髪をひっつめポニーテールにした横顔が上気している。

「週に二、三回でもいいの。どうかしら。オーナーはクラシックファンで優しい方だから私たち音大生に理解もあるし」

「……はい」

慣れない紳士服店、それに斜視の西園寺を前に小鳩のように震えている色白の娘。その不安げな表情が亜弓の心を捉えて離さない。聡明そうな丸い額、口づけを待つかのように突き出た唇……この清楚な雰囲気ならきっと西園寺も気に入るに違いない、それに……、

「私だって最初は不安だったわ、でもなんてことないの。そうだわ、あなたバレエ習ってた

んでしょ。オーナーはバレエにもお詳しいのよ」

「まあ、そうなんですか」

「ああ、それほどでもないがね」

太い眉が動き老翁が口元を緩めて微笑む。

娘の困り顔が次第に和らぎ頬に少し赤みが注す。

「じゃあ来週から早速お願いしていいわよ、ね」

先輩の言葉に押されアルバイトを約束した娘は、小さな肩を見せて夕刻の銀座に消えていった。

「楽しみですわね」

亜弓は二階の窓枠に手をかけると、西園寺を振り返ってはまた歩道を去り行く娘の背中を見つめる。

「そうだな」

ごつい手が背後から前へ滑り込み、丸い胸を揉みあげる。

早くも潤んだ秘所を、ごつい膝頭が潜り込んでぐいぐいと刺激する。

「バレエを習っていた娘なら、体も柔らかいんでしょうね」

「ああ、足もうんと開くだろう」

卑猥な会話に腰から下がざわめく。大きな尻を突き出しズボンの股間に押し付けながらカーテンを閉める。

「亜弓も味をしめたもんだ」

指の間に捕らえた乳首をコリッと弾きながら西園寺が満足げに言う。

「あの娘もきっとお前のようにすぐ男狂いするだろう」

「まあ、ひどい」

睨み付ける瞳が濡れている。亜弓は早くもあの娘がお仕置きされ、溺れて行く様を描いて淫靡な笑みを浮かべる。

「そうすると今度は四人で……か」

西園寺が試着室を振り返る。

太い腕の中で、亜弓は頬を染めてうっとりと頷いた。

この作品は書き下ろしです。原稿枚数３４５枚（４００字詰め）。

試着室（しちゃくしつ）

吉沢華（よしざわはな）

平成20年4月10日　初版発行
平成23年11月25日　3版発行

発行人――石原正康
編集人――菊地朱雅子
発行所――株式会社幻冬舎
〒151-0051東京都渋谷区千駄ヶ谷4-9-7
電話　03(5411)6222(営業)
　　　03(5411)6211(編集)
　　振替00120-8-767643
印刷・製本―株式会社 光邦
装丁者――高橋雅之

幻冬舎アウトロー文庫

ISBN978-4-344-41127-2　C0193　　O-89-1